Pitscher und Keller
und eine unglückliche Liebe

Kreuzau-Krimi

Ursula Weyermann

TWENTYSIX
Eine Marke der Books on Demand GmbH
© 2023 Ursula Weyermann
2. Auflage
Herstellung: BoD – Books on Demand, Norderstedt
ISBN: 9783740715830

Folgenden Personen begegnen Sie in Kreuzau und Umgebung:

Birkenbach, Lilli
arbeitet zusammen mit Zwillingsschwester Lotti im horizontalen Gewerbe, Nachbarin der Familie Uerlichs in Üdingen

Birkenbach, Lotti
siehe Lilli

Breuer, Grete
betagte und an allem interessierte Kreuzauerin, befreundet mit Christine Nolden, Tante von Werner Breuer

Breuer, Werner
Neffe von Grete, mit Polizeichef Hans van Damm befreundet

Fabian, Agnieszka
polnische Pflegekraft bei Hiltrud Virnich, arbeitet 'schwarz', mit Malgorzata befreundet und mit Lena bekannt

Hages, Marianne
Schwester von Ruth Pitscher, lebt mit einer Demenz im Schiller-Euler-Stift

Heinrichs, Bärbel
war mit Harald Kellers verstorbener Frau Marita befreundet, Hundemama von 'Elfi'

Jakubiak, Rafal
fährt für ein polnisches Busunternehmen, Gelegen-
heitszuhälter,

Keller, Harald,
pensionierter Kommissar und ehemaliger Dienststel-
lenleiter der Kreuzauer Polizei, verwitwet, leitet den
Kreuzauer Geschichtsverein

Kaminski, Lena
polnische Pflegekraft zunächst bei Johanna Schöller,
arbeitet offiziell über eine Agentur, bekannt mit
Agnieszka und Malgorzata

Klein, Elvira
Bäckereifachverkäuferin bei Büschel und mit Hape
Uerlichs liiert

Klein, Helene
Mutter von Elvira Klein

Nolden, Christine
betagte Kreuzauerin, mit Grete Breuer befreundet

Nowak, Karl
Stammkunde im Nachtigall, Faible für slawische Frau-
en

O'Flynn, Steffi
Tochter von Harald Keller, lebt mit Mann Duncan und
den Kindern Connor und Caithlyn in Irland

Pitscher, Ruth
pensioniertes 'Frollein vom Amt', hat ungewöhnliche Hobbys, ledig

Schöller, Johanna
Kreuzauer Seniorin, die zeitweise von Lena Kaminski betreut wird

Skulski, Malgorzata
polnische Pflegekraft bei Annemarie Uerlichs, arbeitet 'schwarz', mit Agnieszka befreundet, mit Lena bekannt

Uerlichs, Annemarie
Mutter von Hape, sitzt im Rollstuhl und ist auf Hilfe angewiesen, im Kopf noch völlig klar

Uerlichs, Hape
Polizist in Kreuzau, fühlt sich noch immer seinem ehemaligen Chef Harald Keller verbunden, mit Elvira Klein liiert, spricht nur Kreuzauer Platt

van Damm, Hans
Dienstellenleiter der Kreuzauer Polizei, ziemlich von sich eingenommen

Virnich, Hiltrud
Kreuzauer Seniorin, die zeitweise von Agnieszka betreut wird

1.

„Du kommst zu mir, schon bald. Das verspreche ich dir", verabschiedet sich Ruth Pitscher mit einer Umarmung von ihrer Schwester. Marianne Hages lächelt dankbar. Dabei geht ihr Blick aber ins Leere. Wie so oft in letzter Zeit. Sie leidet an Demenz. Ob sie wirklich leidet, weiß Ruth nicht so genau und fragt sich, ob Marianne mittlerweile öfter in ihrer neuen Welt ist, als in der alten.

„Du bist Ruth Pitscher. Meine Schwester", lächelt Marianne.

Ruth nickt ihr anerkennend zu und weiß doch genau, dass ihre Schwester das eben Gesagte auswendig gelernt hat. Abgelesen von ihrem Ruth-Kärtchen, das sie vor zehn Monaten angefertigt und mit anderen Kärtchen in eine Metallbox gesteckt hat, wie sie sonst Rauchern zum Beherbergen ihrer Zigarettenpackung dient. Vor zehn Monaten war ihre Schwester noch fit und konnte noch in Zusammenhängen denken. Stimmungen auffangen und einordnen. Kurz vor Weihnachten gab es einen heftigen Schub, in dessen Folge Marianne immer wieder äußerte, sie wolle nach Hause kommen. Was genau ihre Schwester mit zuhause meint, hat sich Ruth nicht wirklich erschlossen. Zunächst hat sie geglaubt, der Wunsch beziehe sich auf das gemeinsame Elternhaus in Gürzenich. Aber mittlerweile glaubt sie eher, dass sie selbst mit 'Zuhause' gemeint ist. Und so möchte sie jetzt ihrer Schwester eben dieses Zuhause geben und sein. Obwohl sie natürlich weiß, dass diese im Schiller-Euler-Stift bestens aufgehoben ist. Während sie ihre Schwester noch einmal umarmt, denkt sie über das Angebot ihres Vermieters Georg Nießen nach, die gerade leer gewordene Wohnung - unter der ihren - für ihre Schwester anzumieten. Natürlich müsste sich dann jemand stundenweise um Marianne kümmern. Und über eine vernünftige Lösung für die Nächte müsste sie auch noch einmal nachdenken. Oder mutet sie sich zu viel zu? Es wäre gut, einmal mit einem Fachmann über dieses Thema zu sprechen. Mit einem Therapeuten. Leider war ihr erster Termin im September 2019 sofort geplatzt, weil sie im Krankenhaus lag. Dehydriert und ramponiert nach diesen furchtbaren Stunden im Verlies. Diesen ersten Termin sagte Harald für sie ab. Danach hat sie immer auf den richtigen Zeitpunkt gewartet, um einen neuen Termin zu vereinbaren. Und jetzt geht bald der Karneval los, da gibt es bestimmt keine Termine mehr. Aber sie könnte jetzt schon etwas für die Zeit nach Karneval ausmachen. Ja. Das wird sie in Angriff nehmen, sobald sie zuhause ist.

Auf dem Weg zu ihrem roten Mini zieht sie den Reißverschluss ihrer silbergrauen Steppjacke hoch. Auch wenn sich Orkan 'Sabine' mittlerweile verzogen hat, der Wind ist noch immer sehr unangenehm. Sie freut sich auf ihre warme Wohnung, das gemütliche Sofa und ein Glas Merlot. Ein gurgelndes Geräusch aus ihrem roten Rucksack kündigt eine Whats App an. Harald möchte später mit einem Baguette und einer Käseauswahl vorbeikommen. Das ist doch eine gute Idee.

2.

Er macht sich ernsthaft Sorgen um Ruth. Nicht nur, dass sie die schlimmen Erlebnisse im Rahmen der Hutmacher-Geschichte nicht aufgearbeitet hat … jetzt will sie auch noch ihre Schwester zu sich nehmen. In seiner Küche duftet es nach Käse. Wie früher bei 'Kriegers Züff' in Kreuzau, dem kleinen Käseladen in der Ortsmitte, der freitags immer Hochbetrieb hatte. Gouda hatte er dort gekauft, vor langer langer Zeit, als er gerade in Düren bei der Sitte angefangen, aber noch bei den Eltern in Winden gewohnt hatte. Gouda und Emmentaler Schmelzkäse in Scheiben. Letzteren hatte er seit-dem nicht mehr gegessen.

Auf dem Holzbrett liegen ein Stück alter Gouda, ein Stück Brie, ein Stück Gorgonzola und eine Ecke Feta zum 'Atmen'. Er will gerade ein Baguette und eine Ta-fel Traube-Nuss XXL in seine abnehmbare Fahrradta-sche stecken, als das Telefon klingelt. Es ist Connor, sein Enkel. Sohn seiner Tochter Steffi, die mit ihrem Mann Duncan O' Flynn und den Kindern Connor und Caithlyn auf einem Hof nah bei Kilkenny in Irland wohnt. Steffi und Duncan leben größtenteils von der Milchwirtschaft und Schafzucht. Steffi, gelernte Grafi-kerin, nimmt aber auch manchmal Aufträge für die Crystal Company in Waterford an. Zuletzt hat sie ihm erzählt, dass sie jetzt auch an der Cover-Gestaltung einer CD maßgeblich beteiligt gewesen sei, einem Al-bum der 'Waterford Wonders'. Zu diesem Zeitpunkt ist ihm nicht klar gewesen, welches Problem sich aus diesem neuen Betätigungsfeld entwickeln könnte.

„Okay, Connor. Ich höre dir zu. Aber bitte jetzt noch einmal ganz langsam und von vorne", erwidert er auf das halb auf englisch, halb auf deutsch, aber vor allem viel zu schnell Gesagte seines 14-jährigen Enkels, klemmt sich Telefon zwischen Ohr und Schulter, öffnet die Fahrradtasche und holt die Schokolade heraus.

„Okay, Grampa. Mummy hat ein Affär. Sie hat ein Affär mit Ian Conelly."

Harald steckt sich ein großes Stück Traube-Nuss in den Mund und bastelt an einer Frage, deren Antwort er bereits weiß. Er will sich noch ein bisschen Zeit verschaffen.

„Und wer ist dieser Ian Conelly?"

„Das ist die Singer von die 'Waterford Wonders'. Da hat Mummy ein Cover für gemacht."

„Vielleicht geht es ja nur um die Arbeit? Und die beiden verstehen sich einfach gut?", schöpft Harald für einen kurzen Moment Hoffnung.

„No way. Ich hab' die beiden in Ians Truck gesehen", erzählt Connor. „Making love. Know what I mean?"

Harald ist schockiert, aber schließlich auch ein bisschen erleichtert, als er durch Nachfragen erfährt, dass Connor bis dato mit niemandem über diese Geschichte gesprochen hat. Und er ist seinem Enkel unendlich dankbar für dessen Vertrauen. Er muss mit Steffi sprechen. Dringend. Er kann das Verhalten seiner ansonsten immer so gewissenhaften Tochter nicht wirklich einschätzen. Marita hat immer gesagt, sie käme nach ihm. Was ist nur los mit Steffi? Ist es ein kleines Strohfeuer, eine vorgezogene Midlife-Krise? Oder ist es etwas Ernstes?

3.

Die Dämmerung hat längst eingesetzt. Es ist kalt und windig und sie fragt sich, warum sie sich überhaupt auf diese Verabredung eingelassen hat. In der Grill-hütte 'An den drei Erken' bei einer Temperatur von 7 Grad. Gemessen, gefühlt wesenlich niedriger. Aber wenn er sie auffliegen ließe, wäre das mit sehr unan-genehmen Konsequenzen verbunden. Den beque-men Job bei Annemarie wäre sie los. Die Nebenver-dienste auch. Und ob sie überhaupt jemals wieder nach Deutschland einreisen dürfte, wäre fraglich. Sie muss sich mit ihm einigen. Muss ihm entgegenkom-men. Und deswegen trägt sie auch Dessous im Leo-pardenmuster unter ihrem hellblauen Plüschmantel. Irgendwann ist ihre Geschichte aus dem Ruder gelau-fen. Es war mal anders gewesen, zwischen ihm und ihr. Ganz anders. Ihre rechte Hand spielt mit der Ziga-retten-schachtel in der Manteltasche. Zu gerne wür-de sie jetzt eine Zigarette rauchen. Aber er mag es nicht, wenn sie nach Qualm riecht. Und sie darf ihn jetzt nicht verärgern. Um halb fünf wollte er hier sein. Die Anzeige ihres Smartphones verrät ihr, dass es schon 16.55 Uhr ist. Sie hat die Straße im Blick, die nach Üdingen führt und ebenso die erste der beiden Rurbrücken. Auch den kleinen Weg, der über eine Holzbrücke zum Üdinger Weg geht. Ihre Füße stecken in gefütterten pink-farbenen UGG-Boots und sind trotzdem eiskalt. Abwechselnd stampft sie beide Füße auf den Boden. Sie sitzt auf der äußersten Kante der Holzbank, die entlang der drei Wände verläuft. Auch wenn sie den Plüschmantel über Po und Oberschenkel gezogen hat, bleibt das Gefühl, die feuchte Kälte könnte durchdringen.

16.58 Uhr. Ihr Blick gleitet über die Wand der Blockhütte zu ihrer linken Seite. 'R+L' ist eingeritzt, umfasst von einem Herzen. Ob 'R+L' wohl noch zusammen sind? Um Punkt 5 will sie gehen. Und jetzt wird sie sich auch eine Zigarette anzünden. Sie steckt sich eine Zigarette in den Mund und sucht in beiden Manteltaschen nach dem Feuerzeug.

„Darf ich?", streckt er ihr die Flamme seines Feuerzeuges entgegen. Sie erschrickt. Wo kommt er so plötzlich her? Sie hat alle Wege zur Hütte beobachtet. Nur den Weg aus Richtung des Ententeiches nicht.

4.

Das Licht ist gedimmt. Auf dem Chromregal leuchten ein paar Teelichter in silbernen und roten Kugeln. Auf dem Couchtisch aus Glas steht ein Tablett mit einer Kanne Minztee und einer Flasche Merlot. Sie rechnet minütlich mit Haralds Ankunft. Und sie freut sich auf seinen Besuch, die versprochene Käseauswahl und sein überraschtes Gesicht, wenn sie ihm erzählt, dass sie jetzt tatsächlich für den Donnerstag nach Karneval einen Termin beim Therapeuten ausgemacht hat. Beim Klopfen an ihrer Wohnungstür springt sie auf, wirft einen raschen Blick in den Spiegel, zupft mit zwei Fingern an ihrem grauen Pagenkopf und öffnet.

„Oh", sagt ihr Vermieter Georg Nießen, als er in ihr überraschtes Gesicht blickt. „Ich komme wohl ungelegen?"

„Kommen Sie herein", macht sie eine einladende Handbewegung und dreht den Dimmer wieder auf.

„Sie haben wohl jemand anderes erwartet?", bleibt Georg Nießen unschlüssig in der Tür stehen.

„Und wenn schon", sagt Ruth. „Kommen Sie rein. Minztee oder Merlot?"

„Also wenn Sie mich so direkt fragen …"

„Dann öffnen Sie doch schon einmal die Flasche. Ich hole währenddessen ein weiteres Glas."

Sie hat sich so auf den Käse gefreut. Na ja, auf Harald auch. Dass er sich aber auch gar nicht meldet, ist sehr ungewöhnlich. Im Kühlschrank findet sie ein angebrochenes Glas Gewürzgürkchen und ein eingeschweißtes Stück Gouda vom Discounter ihres Vertrauens. Sie klemmt sich den Käse unter den Arm, packt ein Käsemesser dazu und nimmt Wein- und Gurkenglas in die Hände.

„Ihr Handy vibriert", ruft Nießen aus dem Wohnzimmer.

„Dann ist eine Whats App gekommen. Kümmere ich mich später drum. Haben Sie die Flasche schon geöffnet?"

5.

'Boss' will nicht hören. Sein Herrchen hat jetzt schon mehrfach gerufen. Aber das tangiert den Schäferhund nur peripher.

„Boss! Hierher", deutet Werner Breuer mit dem Zeigefinger der rechten Hand auf den Weg neben sich.

Zeige- und Mittelfinger der linken Hand benutzt er zum Pfeifen. Spätestens jetzt begreift 'Boss' den Ernst der Lage und verlässt widerwillig die Grillhütte. Er bleibt aber stehen, sobald er den Weg erreicht, bellt und dreht seinen Kopf Richtung Grillhütte. Läuft wieder zur Hütte zurück und bellt laut und vernehmlich.

Werner Breuer, ein schlacksiger Mittfünfziger, folgt seinem Hund ... und ruft sofort seinen Freund Hans van Damm an, den Leiter der Kreuzauer Polizei-Dienststelle.

„Hans! Ihr müsst sofort kommen. Hier ist 'ne Leiche. In der Grillhütte 'An den drei Erken' ist 'ne Leiche."

6.

„Connor", stopft Harald das letzte Stück der XL-Schoki in sich hinein. „Ich werde mit ihr sprechen. Das verspreche ich dir." Er räuspert sich und schiebt dann nach: „Ich hab' dich lieb, Connor."

„Love you too, Grampa", beendet sein Enkel das Gespräch.

Ruth hat auf seine Whats App nicht reagiert. Ob sie sauer ist? Quatsch! So ist Ruth nicht. Ob er sie anrufen soll? Nein! Sie ist immer so erfrischend unkompliziert. Also packt er den Käse in die Fahrradtasche, sucht seinen Fahrradhelm und verlässt über die Terrassentür das Haus. Auf Höhe der Kreuz-Apotheke fällt ihm ein, dass er das Baguette zuhause vergessen hat. Kurzerhand dreht er um und kauft bei Karminiarz ein Ciabatta. Als er die Bäckerei verlässt, kommen ihm Grete Breuer und Christine Nolden mit ihren Rollatoren entgegen.

„Guten Abend, die Damen", beeilt er sich zu sagen und verstaut das Brot in der Fahrradtasche.

„Herr Kommissar", sagt Gretchen und sieht dabei ihre Freundin verschwörerisch an. Christinchen zwinkert ihr zu, was wiederum Gretchen animiert, fortzufahren.

„Herr Kommissar, sind Sie und das Frollein Pitscher eigentlich ein Paar?"

Harald klappt die Kinnlade runter ob dieser Unverfrorenheit. Sein Schweigen deutet die Kreuzauer Rollator-Gang allerdings als Eingeständnis. Und so übernimmt nun Christinchen die peinliche Befragung.

„Wir würden das nicht verurteilen. Ihre liebe Frau ist ja schon seit über fünf Jahren tot. Mit uns können Sie offen sprechen. Sind Sie beide denn jetzt ein Paar?"

„Einen angenehmen Abend noch, die Damen", tritt Harald schon in die Pedale. Er ist wütend. Auch ein bisschen auf sich selbst. Und ein bisschen traurig. Er ist schon seit über einer Woche nicht mehr an Maritas Grab gewesen. Das will er nachholen. Sofort. Und so biegt er in die Feldstraße ein, Richtung Friedhof.

7.

Er komme ein bisschen später, hat Harald vor einer Stunde geschrieben. Etwas Familiäres. Genaueres will er ihr später erzählen. Georg Nießen bietet ihr die bald leerstehende Wohnung zum gleichen Preis an, wie ihre Dachgeschosswohnung. Das ist unverschämt günstig und für Kreuzau kaum vorstellbar. Vor knapp einem Jahr war Nießen heftig in sie verliebt gewesen. Sie hat ihm nie Hoffnungen gemacht. Sie mag ihn sehr, aber leider ist er so gar nicht ihr Typ. Und jetzt ist sie penibel darauf bedacht, weder durch Wort, noch durch Tat den Eindruck zu erwecken, sie könne in ihm mehr sehen, als nur einen lieben Bekannten. Gerade leeren sie beide ihr zweites Glas Merlot. Georg Nießen lacht. Und dabei wackelt sein dunkelbrauner Schnäutzer. So ein lieber und lustiger Mensch.

„Wollen wir nicht endlich 'Du' sagen?", blickt er sie treuherzig an.

„Von mir aus gerne. Aber ich schicke dich jetzt nach Hause. Ich bekomme tatsächlich noch Besuch."

„Okay", versucht er, sich seine Enttäuschung nicht anmerken zu lassen. „Prost Ruth!"

„Prost Georg!"

8.

Immer wieder schaut sie auf ihrem Smartphone nach, ob Malgorzata nicht doch eine Nachricht geschickt hat. Eigentlich sind sie für 13.30 Uhr verabredet gewesen. Wie nahezu jeden Tag. Meistens verbringen sie ihre Mittagspause bei Büschel. Anfangs störte es Malgorzata ein bisschen, dass der Sohn ihrer Chefin und die nette Bedienung ein Paar sind. Auch für Elvira Klein war es am Anfang wohl etwas seltsam. Aber das hat sich schnell gelegt. Und nun verbringen sie wieder regelmäßig ihre Mittagspausen dort. Während der vergangenen Wochen hat sich manchmal Lena

Kaminski zu ihnen gesellt. Aber sie hat eine andere Pausenzeit. Immer von 12.30 Uhr bis 14 Uhr und um 16 Uhr noch einmal eine halbe Stunde. Malgorzata und sie haben täglich von 13 bis 15 Uhr Pause. Und beide werden am kommenden Freitag, wieder zurück nach Polen fahren. Also in wenigen Tagen. Und, so es keine besonderen Vorkommnisse gibt, kommen sie am 3. April wieder zurück nach Kreuzau. Besondere Vorkommnisse könnten der Tod oder Krankenhausaufenthalt der Auftraggeberin in Deutschland sein, oder eine Notsituation bei ihren Kindern Boris und Lenka, oder deren Familien in Polen. Sie und Margolzarta sind sechs Wochen in Kreuzau und dann sechs Wochen zuhause. So handhaben das viele Polinnen, die in Kreuzau und Umgebung alte Menschen betreuen. Margolzarta hat ihr um 14 Uhr eine Nachricht geschickt, dass sie etwas Wichtiges erledigen müsse, sie aber heute Nachmittag anrufe. So hat sie eine halbe Stunde mit Lena bei Büschel gesessen und ist froh gewesen, als Lena endlich gegangen ist. Sie hat wieder nur Vergleiche gezogen, zwischen Johanna Schöller, die sie betreut und ihrer vor drei Jahren verstorbenen Mutter. Eigentlich tut Lena leid. Weil sie 50 Jahre alt ist, und vom Leben – außer Pflege – nicht viel mitgekriegt zu haben scheint. Eigentlich ist Lena ganz nett. Aber eine Unterhaltung mit ihr ist nie so entspannt und lustig wie mit Margie. Wobei Margie seit einiger Zeit Geheimnisse zu haben scheint.

Agnieszka Fabian steckt den kleinen Klappaschenbecher in ihre Jackentasche und geht auf die Terrasse. Von dort aus kann sie einen Blick ins Wohnzimmer werfen und sieht, wie Hiltrud Virnich, in eine braune

Plüschdecke gehüllt, auf dem Sofa liegt. Agnieszka nimmt einen tiefen Zug und wirft mit Schwung ihre langen und kräftigen braunen Locken über die Schulter. Sie hat es gut angetroffen bei Hiltrud. Eine liebenswerte alte Dame, die körperlich ziemlich eingeschränkt ist und hin und wieder mit depressiven Schüben zu kämpfen hat. Hiltrud bemerkt sie und winkt ihr zu. Sie winkt zurück. Wenn sich doch Margie endlich melden würde. Sie macht sich mittlerweile große Sorgen.

9.

Auch Hans van Damm friert in der Grillhütte 'An den drei Erken'. Über die ungeliebte blaue Dienstkleidung hat er eine schwarze Lederjacke mit Pelzkragen gezogen. Er trägt viel lieber schwarz als blau und setzt sich oft über die Kleiderordnung hinweg. Immerhin ist er ja der Chef in Kreuzau, und er macht die Regeln! Wenn sich allerdings Besuch aus Düren ankündigt, beißt er in den sauren Apfel und schlüpft in die verhassten blauen Klamotten. So auch eben geschehen. Der Anruf Breuers hat ihn von diesem unerquicklichen Gespräch mit Willi Beißel erlöst. Beißel, dieser Korinthenkacker, ist fast so ein Hundertprozentiger wie Harald Keller. Furchtbare Person! Personen! Beide!

Er fährt sich mit der rechten Hand durch sein gegeltes Haar, bevor er sich Handschuhe überstreift.

„Du hast doch hier nicht angefasst, oder?"

„Natürlich nicht, Hans. Ich hab' nur versucht, den

Puls zu messen, um zu gucken, ob sie noch lebt."

„Puls messen? So so. Hast du das in einem Film gesehen?"

„Nee, meine Firma hat mich zuletzt zu einem Erste-Hilfe-Kurs verdonnert."

Van Damm sieht Werner Breuer mitleidig an. Solche Vorschriften kennt er zur Genüge. Dann schaut er auf den dunklen Ansatz der platinblonden Toten und hebt mit Zeige- und Mittelfinger seiner behandschuhten rechten Hand eine Strähne hoch.

„Gefärbt", sagt er und ärgert sich im gleichen Moment. Wenn er damit nicht mal Breuer eine Steilvorlage geboten hat. Oh, da ist ja Blut gleich hinter dieser Strähne! Jetzt aber erst mal die Färbe-Geschichte abwenden. Breuer und die anderen Männer seiner sonntäglichen Frühschoppenrunde ziehen ihn damit auf, dass er seine Haare nachfärbt. Irgendwann mal hat er sich in der Tube vergriffen und ein Blauschwarz genommen. Der Blauschimmer entfaltete sich erst richtig im trockenen Haar. Und er war damals dummerweise mit frisch gefärbtem und noch feuchtem Haar zum Frühschoppen gefahren. Die Jungs hatten geraume Zeit kein anderes Thema mehr als seine Haare gehabt. Aber von Breuer scheint er momentan nichts zu befürchten zu haben. Der ist wohl von der Geschichte hier noch ziemlich mitgenommen. Die Memme. Ob das die erste Tote ist, die er sieht? Die Augen der Platinblonden sind weit aufgerissen. Grau und leer starren sie ihn an. Die soll Dr. Backhausen schließen, das ist nicht sein Job. Oder Uerlichs soll das übernehmen. Wo bleibt der denn eigentlich? Klar, hat der Feierabend. Aber er wohnt doch in der Nähe hier.

„Brauchst du mich noch, oder kann ich gehen?", will Breuer wissen.

Man, sieht der schlecht aus. So, als würde er gleich der Platinblonden vor die Füße kotzen ... oder auf die unförmigen pinken Fellstiefel.

„Nee, geh' du mal nach Hause. Aber nimm deine Töle mit!"

'Boss' scheint sich ähnlich wie sein Herrchen zu fühlen. Erbräche er sich jetzt im Schwall, würde man sich nicht wirklich wundern.

„Na, endlich!", ruft van Damm dem herbei eilenden Hape Uerlichs entgegen. „Wurde aber auch Zeit!"

„Ich han Fierovend", kontert Hape. Dann geht sein Blick Richtung Leiche. Er erstarrt und beginnt zu würgen.

„Hab' ich denn heute nur mit Memmen zu tun?", schreit van Damm. Dann hält er einen Moment inne. So kennt er seinen Mitarbeiter nicht. Der ist eigentlich hart im Nehmen.

„Hee, Uerlichs! Was ist los? Kennen Sie die Dame etwa?"

„Jow. Datt is Malgorzata Skulski. Datt arbeet bej meng Mamm. Ähhh. Hätt bej meng Mamm jearbeet."

„Gehen Sie wieder nach Hause, Sie sind von dem Fall freigestellt", betont Hans van Damm jedes Wort und fährt sich erneut mit der behandschuhten Hand durch die Haare.

„Vermutlich hat die Frau auch noch schwarz bei Ihnen gearbeitet?! Nehmen Sie sich einen Anwalt."

10.

Hat er sie zu hart angefasst? Sie weiß doch, dass er es nicht mag, wenn sie raucht. Ja, er hat ihr Feuer gegeben. Aber dabei hat er gehofft, sie überlege es sich noch anders. Käme ins Nachdenken und steckte die Zigarette wieder weg. Und dann dieses provozierende Lachen. Ihren Mantel hat sie geöffnet und ihm ihre Unterwäsche gezeigt, als wäre er ein dahergelaufener Freier. Da hat er ihr eine gescheuert. Sie ist zu Boden gegangen und mit dem Kopf gegen die Holzbank geprallt. Er hat sie wieder hochheben und auf die Bank setzen wollen. Aber da war dieser Hund, der auf die Hütte zugelaufen ist. Und diese Frau, die immer wieder den Hund gerufen hat. Da ist er lieber schnell auf leisen Sohlen entschwunden. Über die Holzbrücke zum Üdinger Weg. Dort hat er sich ins Auto gesetzt und mehrfach versucht, sie anzurufen. Fünfmal bestimmt, vermutlich öfter. Aber sie hat das Gespräch nicht angenommen. Dann hat Pavel, sein Boss, ihn angerufen. Wegen der Kilometerstände. Er hat mehrmals im Fahrtenbuch nachsehen und Erklärungen abgeben müssen. Als das unerfreuliche Gespräch endlich beendet gewesen ist, ist er wieder zur Hüte zurückgegangen, immer ganz nah am Gestrüpp entlang. Aber dann hat er den schlaksigen Mann mit dem Hund gesehen. Der Mann ist aus der Hütte herausgekommen. Schwankend und so was von blass. In dem Moment hat er gewusst, dass sie tot ist.

11.

Hape erreicht ihn telefonisch auf dem Friedhof. Zunächst will er ihn wegdrücken, da er an diesem Ort grundsätzlich nicht telefoniert. Er will später zurückrufen, stellt aber fest, dass Hape ihm auch schon eine Nachricht geschickt hat:
Bitte geh ans Telefon, es ist wirklich dringend!
Wenn Hape Nachrichten schreibt, was äußerst selten geschieht, so sind die in Hochdeutsch verfasst. Es muss wohl tatsächlich sehr wichtig sein. Also nimmt er das Gespräch entgegen und wirft gleichzeitig seiner Frau eine Kusshand zu. Schnell ist er im Bilde und macht sich mit seinem Fahrrad auf den Weg Richtung Üdingen, nicht ohne vorher Ruth eine Nachricht zu schreiben.
'Melde mich später, Hape braucht mich dringend.'

Es ist noch immer kalt und windig. Und auf der Strecke zwischen Kreuzau und Üdingen hat er heftigen Gegenwind. Als er endlich das Backsteinhaus der Uerlichs' erreicht, öffnet ihm Hape sofort die Tür. Die halboffene Küchentür gibt einen Blick auf Annemarie Uerlichs frei, die in ihrem Rollstuhl am Tisch sitzt und weint. Elvira Klein hält ihre Hand und spricht beruhigend auf sie ein. Harald winkt in Richtung Küche. Ein 'Guten Abend' erscheint ihm unpassend.
„Komm", zieht Hape an Haralds blassblauer Allwetter-Jacke. „Wir gehen nach oben."
Hape hat das Dachgeschoss im Haus seiner Mutter ausgebaut und sich dort eine kleine, gemütliche Wohnung eingerichtet. Hier ist seit Herbst auch Elvira

Klein häufiger anzutreffen. Sie lebt im Haus ihrer Mutter in Drove. Ebenfalls im ausgebauten Dachgeschoss. Wobei Elviras Mutter zwar körperlich noch recht fit, aber sehr ängstlich und etwas tüddelig geworden ist. Es sei aber keine Demenz, haben die Ärzte Mutter und Tochter beruhigt.

So gerne Elvira und Hape zusammenziehen würden, wissen doch beide, dass das erst möglich ist, sobald eine der Mütter für immer die Augen schließt. Und da beide sehr an ihren Müttern hängen, ist der Wunsch nach einem gemeinsamen Zuhause ein sehr ambivalenter.

Im Dachgeschoss im Hause Uerlichs lässt sich schnell der Einfluss Elviras ausmachen. Die dunkelbraune Couch ist mit vielen Kissen in unterschiedlichen Orange- und Beigetönen aufgepeppt worden. Und auch die Zimmerlinde, die Yucca-Palme und diverse Efeu-Varianten sind erst vor kurzem hier eingezogen. Mit einer Handbewegung lädt Hape seinen ehemaligen Chef ein, auf dem Sofa Platz zu nehmen, und setzt sich in den Sessel ihm gegenüber. Auf den ovalen Tisch aus Kirsche hat er zwei Bierflaschen gestellt, die er jetzt öffnet. Wortlos reicht er Harald eine Flasche Kölsch rüber. Der nimmt einen ordentlichen Schluck und lehnt sich zurück. Hape tut es ihm nach und entspannt sich ein bisschen.

„Ich fasse mal zusammen", beginnt Harald das Gespräch. „Du bist von van Damm zur Grillhütte 'An den drei Erken' zitiert worden. Dort hatte er, beziehungsweise Werner Breuer, eine weibliche Leiche gefunden. Diese Leiche hast du als Malgorzata identifiziert, die Pflegekraft deiner Mutter, die hier schwarz gearbeitet hat. Van Damm hat dich daraufhin bis auf weiteres vom Dienst freigestellt. Soweit richtig?"

„Joo. On watt soll isch jetz maache? Watt meehnste, Chef?"

„Als erstes machst du sofort morgen früh einen Termin bei Rechtsanwalt Walter Brandenburg. Den kennst du ja. Malgorzata war bei deiner Mutter angestellt, und nicht bei dir. Deine Mutter ist bei klarem Verstand und hat keinen Vormund. Du hast also schlimmstenfalls von der Schwarzarbeit gewusst. Da kann Brandenburg dir bestimmt helfen. Wichtig ist jetzt, dass du nicht unter Mordverdacht gerätst. Hast du ein Alibi? Weißt du was über die Tatzeit? War Dr. Backhausen schon da, und wenn, was sagt er? Was weißt du über die familiären Verhältnisse dieser Malgorzata? Weißt du, was van Damm vorhat?"

Die letzte Frage beantwortet Harald sich in Gedanken mit einem 'nicht viel' selbst. Sein Nachfolger Hans van Damm ist nicht gerade für seinen Fleiß bekannt. Richtig gut ist er nur im 'Lorbeeren einheimsen' und 'sich mit fremden Federn schmücken'. Da es sich bei der Toten 'nur' um eine Polin und keinen angesehenen Kreuzauer Bürger handelt, wird van Damm hier vermutlich nicht so viel Ruhm bei der Auflösung des Falles erwarten und sich entsprechend wenig kümmern. Andererseits: Hier ist sein bester Mitarbeiter in den Fall involviert. Das könnte die Dürener interessieren und so könnte er sich mit dem Fall profilieren. 'Du bist im Ruhestand, halt dich da raus', mahnt ihn seine innere Stimme. 'Hape ist dein Freund und der braucht Hilfe', schaltet sich die zweite Stimme ein. 'Natürlich musst du eingreifen. Und dabei darfst du auch ruhig mal Fünfe gerade sein lassen.'

Er wird morgen einmal mit Gisela Meyer sprechen, der guten Seele der Kreuzauer Polizei, bei der alle Informationen zusammenlaufen und die Hape sehr gewogen ist.

„Watt denkste, Chef?", sieht Hape ihn fragend an.

„Ich denke, dass wir jetzt erst einmal in aller Ruhe unser Bier trinken. Und später setzt du dich an deinen Computer und schreibst alles auf, was dir zu der Geschichte einfällt. Auch alles, was Malgorzata betrifft, auch wenn es dir noch so unbedeutend erscheint. Das kannst du mir schicken und am besten auch gleich Walter Brandenburg. Und dann versuchst du zu schlafen. Schön, dass du jetzt Elvira an deiner Seite hast."

12.

Auf der Eichenkommode, die einmal vor vielen Jahren Bestandteil des Schöllerschen Elternschlafzimmers war, liegt ein Rosenkranz. Der Spiegel ist mit der Kommode verwachsen und sorgt für eine Einteilung der Utensilien, die sich hier tummeln. Direkt vor dem Spiegel liegen ein Kamm, eine Bürste und mehrere Haarklammern. In der Schublade darunter befinden sich fünf dicke Lockenwickler, die Probe einer Kur für trockenes Haar, Haarfestiger und ein Lidschatten-Duo hellblau/dunkelblau. Das ist schon einige Jahre alt aber kaum benutzt worden. Auf der linken Seite des Spiegelbereiches hat sie sich eine kleine 'Glaubensecke' eingerichtet. Dort liegt eine Reisebibel in polnischer Sprache neben dem Rosenkranz aus Perlmutt. Ein Jesus-Bildchen und ein Marien-Bildchen, wie sie früher in jedem Gebetbuch steckten, sind in Silber gerahmt und aufgestellt. Auf der anderen Seite steht ein ebenfalls in Silber gerahmtes Porträt-foto ihrer Mutter. Die Ähnlichkeit zwischen Mutter und Tochter wird durch die verhärmten Gesichtszüge unterstrichen. Daneben steht ein Bild, das sie beide zusammen zeigt. Beide lachen. Es ist ein Bild aus einer anderen Zeit, aus einem anderen Leben. Ihre Mutter hatte sich gerade vom frühen Tod des Vaters erholt und arbeitete voller Freude in ihrem Feinkostgeschäft in Wojanowa und sie selbst hatte gerade angefangen im nahen Danzig an der Musikhochschule zu studieren. Klavier und Gesang. Im Kirchenchor hatte man ihr schon früh eine schöne und ausdrucksstarke Stimme bescheinigt. Von einem Engagement beim Rundfunkchor hatte sie damals geträumt. Und von vielen Reisen. Manchmal auch ein bisschen von der Liebe. Das war vor 26 Jahren gewesen. Zwei Jahre vor dem Unfall. Die zwei Minuten vor diesem Unfall haben sich sich für immer in ihre Gedanken eingebrannt. Im Radio hatte sie eine Einspielung von Edita Gruberova gehört. 'Die Meere' von Johannes Brahms. Sie hatte den Sender immer wieder verloren und versucht, ihn auf einer anderen Frequenz zu finden. Damit war sie so beschäftigt, dass sie nicht gemerkt hatte, wie ihr Panda von der Spur abgekommen und von dem LKW mitgerissen und gegen einen Baum geschleudert worden war. Ihre Mutter hatte das in den Rollstuhl gebracht. Sie hatte ihr deswegen nie Vorwürfe gemacht. Also niemals direkt … manchmal mit Andeutungen ... aber immer mit den Augen. Dieser Blick verfolgt sie heute noch. Seitdem ist sie nie wieder frei gewesen.

„Lena, wo bleibst du denn?", ruft Johanna Schöller leicht ungehalten. Auch sie sitzt im Rollstuhl. Aber nicht wegen eines Unfalls, sondern weil ihr rechter Unterschenkel amputiert werden musste.

13.

Sein wochentägliches Morgenritual fällt heute aufkommender Nervosität zum Opfer. Es ist 7.30 Uhr. Und normalerweise würde er jetzt bei Büschel ein Körnerbrötchen kaufen und im Anschluss zuhause einen Kaffee aufsetzen, für den er vorher die Bohnen frisch mahlen würde. Seltene Ausnahme zu diesem Ritual stellt ein Frühstück bei Büschel mit Ruth Pitscher dar.

Richtig! Ruth! Die muss er ganz dringend anrufen, das hat er gestern Abend nicht mehr geschafft. Aber zuerst möchte er das Gespräch mit seiner Tochter hinter sich bringen. Eigentlich liegt es ihm fern, sich in Steffis Privatangelegenheiten einzumischen. Sie ist schließlich erwachsen. Andererseits hat Connor ihm gestern zu verstehen gegeben, dass es Einmischung braucht, wenn seine Familie nicht auseinanderfallen soll. Während er mit Andacht die Colombia-Bohnen mahlt, fällt sein Blick auf das Foto, das er mit zwei Magneten auf dem Kühlschrank befestigt hat. Es zeigt Steffi und Duncan mit den beiden Kindern vor ihrem Haus am Rande Kilkennys. Sie strahlen mit der Sonne,

28

die in Irland relativ selten zu Besuch ist, um die Wette. Dieses Foto schickte Steffi ihm im November zu seinen Geburtstag. Also gerade mal gut drei Monate her. 'Frisch für dich geschossen' hatte sie auf die Rückseite geschrieben und ein Herz dahinter gemalt. Duncan hat den Arm um Steffi gelegt. Und beide stehen ganz nah beieinander. Sie tragen Strickjacken aus dicker Schafwolle und einen Schal um den Hals. Der von Duncan ist in Blautönen gehalten und der von Steffi ebenso, nur im Ganzen etwas heller. Caithlyn hatte diese Schals gestrickt, das hatte Steffi ihm voller Stolz bei einem Anruf erzählt. Das Foto fasziniert Harald und er kann sich nicht vorstellen, dass seine Tochter zu diesem Zeitpunkt schon intensive Gefühle für diesen Musiker hegte. Seine quirlige Tochter und der tiefgründige Ire Duncan sind ein wunderbares Paar. Er fühlt sich immer ein bisschen an Marita und sich erinnern. Marita war auch immer diejenige gewesen, die ihn mitriss. Sie hatte sich nie beschwert über diese Rollenverteilung. Oder hatte sie das einfach nur nicht ausgesprochen?

Das kochende Wasser tropft durch den Filter. Die Tasse ist schon halbvoll. Und Harald hat sich vorgenommen, seine Tochter anzurufen, sobald sein Kaffee fertig ist. Auf seiner Stirn bilden sich kleine Schweißperlen. Das Wasser tropft indes stetig weiter durch den Kaffeefilter. Die Nummer ist in seinem Telefon gespeichert. Sobald er 'O' eingibt, erscheint 'O'Flynn, Steffi und Duncan'. Jetzt hat auch der letzte Tropfen Wasser seinen Weg durch den Filter gefunden. Beherzt drückt er auf die 'Anrufen'-Taste.

14.

Dass Harald sich gestern Abend nicht mehr gemeldet hat, kränkt sie schon. So kennt sie ihn nicht. Aber kennt sie ihn wirklich? Sie sind im vergangenen Jahr in zwei Mordfälle hinein gestolpert und haben entschieden zu deren Aufklärung beigetragen. Aber kennen? Okay, Harald weiß mittlerweile einiges von ihr. Er weiß um ihre demente Schwester Marianne. Und er weiß sogar, dass sie 'die Helga' aus der Radiosendung 'Helga hilft' ist, die donnerstags live über den Kanal 'Eifel live' ausgestrahlt wird. Worüber er nicht Bescheid weiß, sind ihre Verabredungen via Dating-Portal, auf dem sie als 'silberherz_17' unterwegs ist. Ihre letzte Verabredung war die mit 'Eifeltiger' gewesen, der sich dann als ihre Beinahe-Jugendliebe Klaus Steffens entpuppte und kurz darauf ermordet wurde. Dieses 'Daten', diese Treffen mit fremden Männern, dieses recht kurze Vergnügen, das einen so faden Beigeschmack hinterlässt, ist nicht zuletzt ausschlaggebend gewesen, sich für eine Therapie zu entscheiden. Auf ihrem Computer leuchtet ein Zeichen auf. Sie hat eine Nachricht bekommen. Auf dem Dating-Portal. Für einen kurzen Moment hat sie ausgeblendet, dort wieder nächtens unterwegs gewesen zu sein. Ein gewisser 'RenRew' würde sich freuen, von ihr zu lesen. Ganz höflich fragt er an. Vielleicht später … vielleicht auch nicht. Jetzt gilt es, wichtigere Fragen zu beantworten: Wie soll es mit Marianne weitergehen? Wie soll sie sich bezüglich der leerstehenden Wohnung entscheiden?

Sie reibt sich den letzten Rest Schlaf aus den Augen

und startet im Bad eine Katzenwäsche. Ihr ist nach einem ausgiebigen und kalorienreichen Frühstück zumute. Leider gibt der Kühlschrank nicht wirklich viel her. Wie auch? Zu den Gewürz-Gürkchen und dem Gouda wird sich wohl kaum über Nacht eine hochkalorische Delikatesse gesellt haben. Ein Hauch von Wimperntusche verleiht ihren müden Augen schnell ein wenig Glanz. Mit einem Haargummi fasst sie ihren störrischen Pagenkopf zu einem Mini-Zopf zusammen, aus dem sich sofort eine Strähne löst. Egal, das muss jetzt reichen. Über ihre geliebte Jeans-Latzhose zieht sie schnell eine dunkelgraue Strickjacke und entscheidet sich für ihre roten Doc Martens, bevor sie das Haus verlässt und Richtung 'Büschel' fährt. Sicher, sie könnte diese kurze Strecke auch ohne weiteres zu Fuß bewältigen … aber … eine Ausrede fällt ihr immer ein. Als sie noch im Rathaus gearbeitet hatte, fasste sie den Entschluss, ganz viel Sport zu machen, so sie denn im Ruhestand wäre. Lange Spaziergänge. Wassergymnastik. Vielleicht sogar eine Mitgliedschaft im Fitness-Center. Nun, sie ist jetzt seit vier Jahren im Ruhestand. Bis auf seltene Spaziergänge hat ihr Vorsatz nicht gefruchtet.

15.

Wieder steht sie auf der Terrasse und raucht. Nun aber nicht nervös, sondern traurig. Eben hat sie allen Mut zusammen genommen, und bei Frau Uerlichs in Üdingen angerufen. Die hat ihr, immer wieder von Heulkrämpfen unterbrochen, erzählt, dass Malgorza-

ta tot ist. Wahrscheinlich ermordet. Vermutlich werde man sie zu einem späteren Zeitpunkt befragen wollen. Und ihr Sohn habe jetzt heftigen Ärger, hat Frau Uerlichs erzählt. Weil er doch bei der Polizei ist und natürlich gewusst hat, dass seine Mutter eine Hilfskraft beschäftigt, aber nicht angemeldet hat.
Hiltrud Virnich hat sich wieder in ihre Lieblingsdecke gekuschelt und winkt ihr zu. Bzdury! Daran hat sie noch gar nicht gedacht! Was bedeutet das alles für die liebe Hiltrud? Wenn sie, Agnieszka, jetzt eine Aussage macht, dann zieht sie doch auch Hiltrud in die Geschichte mit hinein. Sie sollte sich bedeckt halten. Jetzt ist Dienstag. Am Freitag reist sie ab. Donnerstag ist Weiberfastnacht und da arbeitet im Rheinland sowieso niemand. Das weiß sie von früheren Aufenthalten. Es bleiben also nur heute und Mittwoch für einen eventuellen Termin bei der Polizei. Vielleicht noch Freitagvormittag. Da sie aber nicht offiziell bei Hiltrud angestellt ist, taucht ihr Name auch in keinem Dokument oder Register in Kreuzau auf. Woher sollte also die Polizei wissen, dass sich jemand in Kreuzau aufhält, der Malgorzata kannte. Frau Uerlichs sagt bestimmt nichts. Oder doch? Oder ihr Sohn? An eine offizielle Stelle sollte sie sich nicht wenden. Aber vielleicht doch später einmal bei der Familie Uerlichs anrufen? Oder soll sie doch ihre Mittagspause bei Büschel verbringen? In der Hoffnung, dass sie sich über Elvira Klein Klarheit verschaffen kann? Hiltrud winkt ihr wieder zu und sie winkt zurück. Die Vorstellung, dass diese liebenswerte alte Dame wegen ihr Schwierigkeiten bekommen könnte, tut ihr richtig weh. Eine Strähne löst sich aus ihrer dunklen, hochgesteckten

Lockenpracht und fällt in die Stirn. Sie steckt die Zigarette in den Mund, zieht eine Haarklammer am Hinterkopf raus und nutzt beide Hände, die freche Strähne wieder festzustecken. Dann drückt sie die Zigarette in ihrem Taschenaschenbecher aus. Jetzt wird sie erst einmal Hiltruds Schlafzimmer lüften, den Toilettenstuhl reinigen und sich mit ihr gemeinsam Gedanken über das Mittagessen machen. Es sollte etwas leicht Verdauliches und Verdauungs-förderndes sein, da Hiltrud wegen ihres Opioid-Schmerzpflasters Schwierigkeiten mit der Verdauung hat. Dr. Backhausen hat ihr diesbezüglich vor kurzem Ernährungstipps gegeben. So ein Mist, den Backhausen hat sie vergessen. In dessen Unterlagen taucht natürlich ihr Name auf. Aber der hat doch Schweigepflicht. Puhhh!
„Agnieszka", formen Hiltruds Lippen.
Ein genauerer Blick durch das Fenster verrät ihr den Grund. Das Buch über den Kaffeeschmuggel im Grenzgebiet, in dem Hiltrud voller Begeisterung liest, ist zu Boden gefallen. Jetzt schnell ins Wohnzimmer. Damit die alte Dame nur ja nicht auf die Idee kommt, sich selbst danach zu bücken.

16.

'Eifel live' hat eben von einem Leichenfund an den 'Drei Erken' berichtet. Der Beschreibung nach muss das Malgorzata sein. Er hat sie also doch getötet. Ohne es zu wollen. Wäre doch bloß nicht die Frau mit dem Pudel quasi aus dem Nichts aufgetaucht. Er hätte ihr doch geholfen. Vielleicht hätte er sie sogar zum

Arzt gebracht. Auf jeden Fall hätte er sie nicht sterben lassen. Was die Todesursache betrifft, hat der lokale Radiosender sich bedeckt gehalten. Zur Zeit läuft alles schief. Jetzt sitzt er in diesem 'Fremdenzimmer' in Kalterherberg fest. Eigentlich war ihm für heute eine Fahrt nach Kattowitz zugesagt gewesen, verbunden mit einem weiteren Transport von Hilfskräften zurück nach Köln. Und dann am Freitag zurück nach Gdanzk. Das wäre richtig gutes Geld gewesen. Und sein einträglicher Nebenverdienst gehört ja nun endgültig der Vergangenheit an. Urszula wird enttäuscht sein, wenn er Freitag nach Hause kommt und nicht genug Geld mitbringt, um die Zahnspange von Ewa auf einen Schlag bezahlen zu können. Mit Urszula ist es ohnehin nicht einfach zur Zeit. Das Monschauer Umland gefällt ihm. Leider verrät ihm ein Blick aus dem Dachfenster, dass er heute besser nicht über Joggen oder Walken nachdenken sollte. Der Wind peitscht ganz schön und lässt immer wieder einen Ast gegen das Fensterchen schlagen. Würde es nicht regnen, ginge er ganz hinaus und sägte den Ast ab. Die Hausbesitzer störte das bestimmt nicht. Immerhin machen sie ein ganz gutes Geschäft mit der Vermietung an polni-sche Fahrer und Hilfskräfte inklusive Erntehelfer. Zur Spargelzeit bekommt er hier kein Zimmer. Dann teilen sich vier oder fünf Landsmänner den kleinen Raum und schlafen auf Luftmatratzen.
 Die Dachkammer könnte einen neuen Anstrich vertragen. Die Strukturtapete ist wahrscheinlich vor einigen Jahren überstrichen worden. In einem Senfton, der an Scheußlichkeit kaum zu überbieten ist. Seine Matratze ruht auf einem Lattenrost mit Sprungfe-

dern. Aufgeschlagen liegt ein Pornoheftchen auf der in die Jahre gekommenen Tagesdecke, die – damals geblümt – sich jetzt in einem fast einheitlichen hellen Braun präsentiert. Das Bild der platinblonden Nackten mit dem weit aufgerissenen Mund hat ihn zunächst erregt, dann jedoch schlagartig an Malgorzata und ihr jähes Ende erinnert. Er hat das nicht gewollt. Wirklich nicht. Wahrscheinlich hat er diese Frau sogar geliebt. Nicht so, wie er seine Frau mal geliebt hat … damals. Als sie beide noch ganz jung waren. Nein, so nicht. Aber irgendwie schon. Irgendwie anders.

17.

„Ist das nicht alles schrecklich?", will Elvira Klein von Ruth wissen, alldieweil sie ihr eine Tasse Cappuccino und eine Rosinenschnecke serviert.

„Was genau?", fragt Ruth leicht irritiert.

„Oh!", antwortet Elvira, jetzt ihrerseits verunsichert, gibt der Kollegin hinter dem Verkaufstresen ein Zeichen und setzt sich zu Ruth an den Tisch. „Dann wissen Sie noch gar nichts von der Leiche und den Vorwürfen gegen Hape?"

Als Ruth verneint, beginnt Elvira in groben Zügen den vermeintlichen Mord und Hapes unglückliche Verstrickung zu skizzieren, sehr um Sachlichkeit bemüht. Elvira Klein ist alles andere als eine Klatschtante, weiß aber um die Freundschaft zwischen Ruth und Harald Keller, der ja derzeit ihrem Lebensgefährten zur Seite steht, und fühlt sich deswegen verpflichtet, Ruth die Situation zu schildern.

„Und im Augenblick", schließt sie die Geschichte ab, steht wieder auf und nimmt Ruths leere Tasse an sich, „sitzt mein Verlobter bei Rechtsanwalt Brandenburg. Herr Keller hat ihn dazu ermutigt. Vielleicht begleitet er ihn sogar."

Der gute Harald! Es gibt keinen Grund auf ihn böse zu sein.

'Bin grob im Bild. Melde dich einfach, wenn du wieder Luft hast. LG Ruth' tippt sie in ihr Smartphone. Und plötzlich hat sie eine Idee, wie sie Harald, Hape und auch sich selbst helfen kann. Malgorzata Skulski hat sich doch vermutlich mit anderen Polinnen getroffen. Und die gilt es jetzt, ausfindig zu machen. Elvira Klein hat da bestimmt eine Idee. Und sie selbst überlegt doch ernsthaft, welche Form der Hilfe sie in Anspruch nehmen möchte, wenn Marianne tatsächlich zu ihr zöge.

„Frau Klein, ich hab' da noch eine Frage", steht sie auf und geht zum Verkaufstresen. Just in dem Augenblick, da Grete Breuer und Christine Nolden das Café betreten. Frau Noldens kurze Fönfrisur hat einen starken Lila-Stich. Sie muss unlängst beim Frisör gewesen sein. Frau Breuers weiße Wasserwelle sieht aus wie immer ... wie geleckt. Auch eine Kunst für sich.

„Jetzt bist du dran", stößt Gretchen Christinchen in die Rippen und schiebt sie durch die Tür. „Jetzt mach' schon!"

„War der Herr Keller auch hier?", beginnt Christinchen ein Gespräch mit Ruth und blickt Gretchen triumphierend an. Die zwinkert ihr bewundernd zu, derweil sie ihren Rollator hereinschiebt, in dessen Netz sich ein vom 'Lesezeichen' als Geschenk verpacktes Buch findet.

Ihr Neffe Werner hat heute Geburtstag. Und der interessiert sich doch so für alte deutsche Motorräder. Da hat sie eine schönes Buch bestellt, über einen Frührentner, der in seinem Adler-Gespann, mit Hund im Beiwagen, quer durch Europa gereist ist. Vielleicht will Werner mit 'Boss' ja auch einmal so ein Töurchen machen? Werner erinnert sie oft sehr an ihren verstorbenen Mann. Sie und Erwin sind nur ein halbes Jahr verheiratetet gewesen. Erwin, der leidenschaftliche Motorradfahrer, war – ausnahmsweise im Auto unterwegs – von einem Zug erfasst worden war. Die Schranke war nicht heruntergegangen. Und Erwin hatte, schwerhörig seit seiner Kindheit und mit jedem Hörgerät komplett überfordert, das Hupen des nahenden Zuges nicht gehört. Er war auf der Stelle tot gewesen. Der kleine Werner war zu dem Zeitpunkt gerade mal ein Jahr alt. Erwin war sein Patenonkel gewesen und so hatte sie später das Amt des Paten übernommen. Erwins Bruder Fritz hatte sich nie richtig um den Jungen gekümmert. Und Margot war viel zu gutmütig gewesen und leider auch früh verstorben. So hatte sie sich oft um den Jungen gekümmert. Hatte die Feier seiner ersten Heiligen Kommunion ausgerich-tet. War mit ihm zum Zoo nach Köln gefahren und hatte mit ihm sogar einmal Urlaub im Allgäu gemacht. Sie ist noch nie in einem anderen Land als Deutschland gewesen. Warum auch? Sie hat doch hier alles. Nur Erwin nicht, aber den wird sie auch in keinem anderen Land der Welt mehr finden. Erwin wollte damals unbedingt nach England, mit dem Motorrad und mit ihr. Mit der Fähre wollte er übersetzen. In Oostende in Belgien. Mit Erwin und der Horex in England. Das wäre bestimmt schön gewesen.

„Der Herr Kommissar hat nicht mit dem Frollein Pitscher hier gefrühstückt", ruft Christinchen ihr zu und holt sie damit aus ihren Gedanken.

Ruth wendet sich wieder Elvira zu und bemerkt die dunklen Schatten unter deren Augen. Richtig, die Arme leidet natürlich darunter, dass ihr Lebensgefährte vom Dienst suspendiert worden ist und vielleicht sogar unter Mordverdacht steht. Ein Grund mehr, sich in den Fall einzuschalten.

„Sie sind doch ein Paar, der Herr Kommissar und Sie", wendet sich jetzt Gretchen an Ruth. Kurz davor, aus der Haut zu fahren, bemerkt diese Grete Breuers unendlich traurigen Blick und Tränenflüssigkeit, die sich in deren Augenwinkeln gesammelt hat.

„Nein, liebe Frau Breuer. Das sind wir nicht", lächelt sie und legt einen Zehner auf den Tresen.

„Stimmt so, Frau Klein. Ich melde mich gleich bei Ihnen."

18.

Das Rauschen des Kreuzauer Wehres hat auf ihn schon immer eine beruhigende Wirkung gehabt. Ein kleiner Becher, der seiner Thermoskanne auch als Verschluss dient, steht neben ihm auf der Bank. Er gießt ein wenig Kaffee nach und inhaliert begierig die frische, kalte Luft. Dieser Platz ist für ihn schon vor langer Zeit zum Ort des Nachdenkens und Krafttan kens geworden. Aktuell gibt es einiges, worüber er nachdenken möchte. Sein Smartphone hat er längst ausgeschaltet. Und bei der momentanen Wetterlage braucht er nicht zu befürchten, hier in seinen Gedanken gestört zu werden.

Das Telefonat mit Steffi ist sehr respektvoll verlaufen. Seine Tochter scheint erleichtert zu sein, dass er Bescheid weiß. Sie sei froh, endlich mal mit jemandem über die Geschichte reden zu können, hat sie gesagt. Jetzt will sie sich für eine Woche von Ian fernhalten und prüfen, ob da mehr ist, als nur ein Abenteuer. Wenn dem so wäre, will sie mit Duncan sprechen. Entpuppt Ian sich lediglich als Strohfeuer, wird sie die Sache beenden. So kennt er sie. Gradlinig und konsequent. Das ist sein Mädchen. Ein bisschen mulmig zumute ist ihm schon, aber er weiß, Steffi wird die richtige Entscheidung treffen.

Schon als kleiner Junge ist er oft mit seinem Vater am Kreuzauer Wehr gewesen. Da gab es 'seine' Bank noch nicht. Und das Wehr war nicht abgesperrt, sondern frei zugänglich. Und von da aus, wo er jetzt sitzt, kletterte er mit seinem Vater zum Wasser herunter. Im Hochsommer spazierten sie beide sogar barfuß über das Wehr. Einmal allerdings rutschte er an einer vermoosten Stelle aus, schlitterte das Wehr runter und riss sich dabei den Fuß auf. Daraufhin bekam sein Vater einen riesigen Ärger mit seiner Mutter. Sie beschimpfte ihn und sein Verhalten als absolut verantwortungs-los dem Kind gegenüber. Ja, so war seine Mutter gewesen. Leicht entzündlich, aber sofort wieder versöhnlich. Eine Seele von Mensch. Leider liegt sie schon seit vielen Jahren in Winden auf dem Friedhof, neben seinem Vater. Bald soll das Grab eingeebnet werden. Ein komisches Gefühl.

Harald gießt noch einmal Kaffee nach und nimmt einen kräftigen Schluck. Sofort wird es ihm ein bisschen wärmer. Durch das Grau am Himmel kämpft sich ein kleiner Sonnenstrahl. Das erinnert ihn an Irland. Egal, wie Steffi sich entscheiden würde, er möchte noch mal nach Irland reisen. Und zwar schon bald. Im März oder im April. Wahrscheinlich eher im April. Dann wird Cork wieder angeflogen.

Nein, da, wo er jetzt sitzt, hat früher keine Bank gestanden. Die einfachen Holzbänke, die sich nach einem ihm unbekannten System in Wehr-Nähe platziert hatten, waren von eckig geschnittenen buchsbaumähnlichen Gewächsen eingefasst gewesen. Das hatte ihn immer ein bisschen an Friedhof erinnert.

Er hat die gleichen Columbia-Bohnen wie sonst auch gemahlen. Wie immer in der Rösterei Schmitz in Düren gekauft. Aber heute schmeckt der Kaffee besonders gut. Früher kauften seine Eltern ihren Kaffee immer in einer Kreuzauer Rösterei. Das war zu einer Zeit gewesen, als 'echter' Bohnenkaffee noch etwas ganz besonderes war. Schall hieß die Rösterei. Der Verkauf fand in der Küche statt. Herr Schall stelle immer wieder neue Mischungen her. Und seine Mutter war jedes Mal ganz aus dem Häuschen gewesen, wenn sie dort eine Tasse probieren durfte. Ein kleines Mädchen spielte da oft mit grünen Kaffeebohnen und kleinen Gewichten. Die muss heute auch schon 50 Jahre alt sein, oder eher noch 60. Was mag die Kleine wohl heute machen? An den Geschmack von Schalls Kaffee kann er sich noch gut erinnern. Er bekam nur sonntags eine Tasse, und Vater und Mutter nur einmal täglich. Ansonsten gab es Muckefuck.

Ob Hape jetzt bei der Arbeit sitzt? Rechtsanwalt Walter Brandenburg hat ihm erklärt, van Damm habe keine rechtliche Handhabe, ihn vom Dienst zu suspendieren. Die Kreispolizeibehörde könne jedoch auf ein Disziplinarverfahren hinarbeiten. Vorab wäre aber zu klären, ob er von der Arbeit der Malgorzata Skulski, auf welche Art und Weise auch immer, profitiert habe. Die bloße Tatsache, dass er von deren Arbeit gewusst habe, sei zumindest kein Straftatbestand. Harald ist froh, Hape zu Brandenburg begleitet zu haben und ihn bei dem empathischen Anwalt in guten Händen zu wissen. Allmählich juckt es ihn in den Fingern, sich in den Fall einzumischen. Natürlich unauffällig. Und am besten mit Ruths Hilfe. Jetzt ist auch der letzte Schluck Kaffee getrunken. Er schraubt den Becher auf die Kanne. Plötzlich fällt ihm ein, dass Gusti Hoffmann mit einer Grippe ans Bett gefesselt ist. Die treue Seele aus seinem Geschichtsverein wohnt gleich um die Ecke in der Tuchbleiche. Lieselu Meyer, die sich sonst um sie kümmert, ist gerade mit ihrem Jupp verreist. Karnevalsflucht nach Zoutelande ans Meer. Vielleicht kann er für die gute Gusti ein paar Besorgungen machen?

19.

Hape Uerlichs sitzt an seinem Schreibtisch und weiß nicht so recht, was er tun soll. Von Rechtsanwalt Brandenburg aus ist er sofort zu seiner Dienststelle gegangen und hat van Damm mit einigen Aussagen des Anwaltes konfrontiert.

„Was stehen Sie denn hier noch herum?", hat van Damm ganz forsch gesagt. „Los, ran an die Arbeit. Die macht sich schließlich nicht von alleine."

Wahrscheinlich hat er von seinem Chef Anweisungen bekommen und weiß spätestens jetzt, dass er Hape nicht so ohne weiteres suspendieren darf. Und das wiederum hat van Damm als persönliche Niederlage bewertet, für die er natürlich Hape verantwortlich macht. So hat er seinem Mitarbeiter noch hinterher gerufen: „Aber aus dem Skulski-Fall halten Sie sich gefälligst raus. Und wehe, Sie widersetzen sich meinen Anordnungen."

Jetzt sitzt er an seinem Schreibtisch, ohne nennenswerte Aufgabe. Um sich halbwegs sinnvoll zu beschäftigen, geht er die ungeklärten Fälle durch. Lappalien, wie Johanna Schöllers gestohlene Topfpflanze und den von einem silberfarbenen Auto beschädigten Gartenzaun der Familie Merkens im Stegbenden. Er druckt sich diese und andere Fälle auf Papier aus, weil er hofft, sich so besser darauf konzentrieren zu können. Aber auch das ist nicht besonders hilfreich. Seine Gedanken kreisen um Elvira, die wahrscheinlich in der Bäckerei ständig auf seine Verwicklung in den Mordfall angesprochen werden wird. Dann ist da auch seine Mutter, die sich die Schuld gibt an seinem dienst-lichen Malheur und die nebenbei ganz einfach um Malgorzata trauert. Die platinblonde Polin ist schließlich schon zum dritten Mal bei ihr gewesen und hat sich immer sehr herzlich um sie gekümmert. Hat mit ihr alte deutsche Filme auf DVD angeschaut und dazu Waffeln mit heißen Kirschen und Sahne serviert. Und hat mit ihr Rummikub gespielt. Immer und immer wieder. Er hat Malgorzata ebenfalls gemocht. Auch wenn sie manchmal etwas Vulgäres ausgestrahlt hat. So wie einige Prostituierte, mit denen er dienstlich immer mal wieder zu tun hat. Ja, da hat es eine gewisse Ähnlichkeit gegeben, nicht nur wegen der platinblond gefärbten langen Haare. Ein süßliches Parfüm und der kokette Augenaufschlag zum Beispiel, sobald ein Mann in der Nähe ist. Lilli und Lotti, die beiden Damen aus dem horizontalen Gewerbe hatten sich einmal bei ihm entschuldigt. Für diesen Augenaufschlag. Nachdem sie ihn mit Elvira zusammen gesehen hatte. Er mag die beiden und hat ihnen auch schon Ratschläge im Umgang mit den Behörden gegeben. Das weiß auch Elvira.

Wenn Malgorzata tatsächlich angeschafft hat? Das würde den Kreis der potenziellen Täter erweitern. Aber wie wäre das dann wohl gelaufen? Über eine Agentur? Einen einzelnen Zuhälter? Selbstvermarktung? Eigentlich hat er noch was gut bei Lilli und Lotti. Er wird sich mit den beiden in Verbindung setzen. Vielleicht liegt er völlig falsch mit seiner Vermutung. Mag sein. Aber es ist ein Strohhalm.

20.

Irgendwie mag sie ja die Kreuzauer Rollator-Gang. Manchmal. Aber heute nicht. Heute ist sie nur genervt von Gretchen Breuer und Christinchen Nolden, die ihr Gespräch mit Elvira Klein so jäh unterbrochen haben. Jetzt versucht sie seit einer geschlagenen Stunde Elvira Klein zu erreichen, aber die geht partout nicht an ihr Handy. Wahrscheinlich ist gerade in der Bäckerei viel zu tun. Und Harald erreicht sie auch nicht. Er scheint sich komplett zurückgezogen zu haben. Neben ihrem Monitor steht ein frisch aufgebrühter Minztee. Die Tüte Kartoffelchips 'Oriental' ist noch ungeöffnet. Da ist die demotivierende Anzeige ihrer Waage gewesen. Da ist die Angst vor dem nahenden Termin beim Therapeuten. Und da ist die nette Chat-Nachricht von RenRew. Eben hat er geschrieben, ihr Profil strahle soviel Wärme aus. Ob sie nicht einfach ein bisschen mit ihm chatten wolle? Ganz unverfänglich für sie. Gerade heute habe er das Bedürfnis, sich mit einem aufrichtigen und ehrlichen Menschen zu unterhalten. Sie öffnet die Tüte Chips und schiebt sich gleich eine Hand voll in den Mund.

'Hallo RenRew, warum gerade heute? Was ist das Besondere an diesem Tag?'

21.

Die Dekoration in einigen Fenstern der Flemingstraße kündigt den bevorstehenden Karneval an. Fastelovend, wie die Kreuzauer sagen. Und damit steht auch ihre Abreise unmittelbar vor der Tür. Da ist die Trauer um Margie. Und da ist auch die Angst, irgendwie in die Geschichte mit reingezogen zu werden. Nach feiern ist ihr nicht zumute. Ob sie mit Rafal über die Ereignisse sprechen sollte, oder mit Lena? Ihre Kinder Lenka und Boris in Polen will sie auf keinen

Fall beunruhigen. Es ist kalt. Noch immer sehr unangenehm kalt. Bei der Vorstellung, dass Malgorzata jetzt in einem Kühlraum liegt und vielleicht aufgeschnitten worden ist, läuft es ihr eiskalt den Rücken hinunter. Jetzt hat sie auch schon die Praxis erreicht.

22.

Ein Blick in den Spiegel. Mördergesicht. Ein Blick auf die Hände. Mörderhände. Sie haben es wieder getan. Diese Hände. Anders, als beim letzten Mal. Aber das macht die Sache nicht besser.

23.

„Mögen Sie Apfelpfannkuchen?"
„Und wie!"
„Das freut mich. Ich kenne da ein wunderbares Rezept. Und einen großen Boskop hab' ich auch mitgebracht."
„Wunderbar", sagt Annemarie Uerlichs und schiebt sich im Rollstuhl Richtung Küche.
„Jetzt kommen Sie erst mal herein, mein lieber Herr Keller, und dann erzählen Sie mir bitte, wie Sie auf die Idee gekommen sind, für mein Mittagessen zu sorgen."
Harald folgt ihr in die gemütliche Küche, die ein gut erhaltenes Küchenbuffet aus Weichholz ziert. Vermutlich aus den 20er, allenfalls aus den 30er Jahren. Sie schiebt sich in ihrem Rollstuhl an den Tisch und

macht eine einladende Handbewegung. Er stellt das Netz mit Einkäufen auf den Tisch und entledigt sich seiner Allwetterjacke, hängt diese - zusammen mit seinem Fahrradhelm - an einen Haken im Flur und setzt sich in den blassblauen Sessel ihr gegenüber. Und während er den riesigen Apfel schält und in feine Scheiben schneidet, erzählt er von seinem Krankenbesuch bei Gusti Hoffmann, den anschließenden Einkäufen für die alte Dame und der dadurch aufkommenden Frage, wer denn jetzt wohl für Hapes Mutter kochen mag. Und so habe er Hape angerufen und sich erkundigt. Die alte Dame strahlt ihn an und bedient ihr Transistorradio.

„Die Nachrichten sind schon dran."

Harald Keller und Annemarie Uerlichs sehen sich erschrocken an. Die Seniorin ist ganz blass geworden und zittert ein bisschen, als sie Hans van Damms Stimme hört.

'… die Ermittlungen laufen auf Hochtouren. Leider zählt zu den Tatverdächtigen aber auch ein Mitarbeiter der Kreispolizeibehörde. Mehr darf ich Ihnen wirklich nicht verraten … '

Das Zittern der alten Dame geht in ein heftiges Schluchzen über. Dieser dämliche van Damm! Auch wenn Harald weiß, dass dieser sich erst gar nicht hätte äußern dürfen, ohne sich vorher mit dem Pressesprecher der Polizei abzustimmen, und für sein eigenmächtiges Handeln einen Anschiss erster Güte kassieren wird … dieses Interview wird die Kreuzauer Gerüchteküche befeuern. Und die arme Frau Uerlichs ist sowieso schon so verzweifelt. Er schaltet das Radio aus und blickt Annemarie Uerlichs fest in die Augen.

„So, jetzt aber wieder an die Arbeit! Wo finde ich Zimt?"

„Ich kann nichts essen."

„Bitte, versuchen Sie es. Sie müssen bei Kräften bleiben. Für Ihren Sohn!"

Annemarie Uerlichs deutet auf das kleine Gewürz-regal oberhalb des Toasters und lächelt ihn dankbar an.

24.

Es sollte nur ein Gespräch unter Freunden sein, verbunden mit einer Bitte. Aber sie hat gelacht. Schallend gelacht. Sie hat gar nicht mehr aufgehört zu lachen. Irgendwann ging es nur noch darum, dieses widerliche und immer lauter werdende Lachen zu stoppen.

25.

Manche Menschen nennen sie die 'Jacob-Sisters'. Nicht nur Kunden. Auch Menschen im ganz normalen Leben. Auf der Straße. Im Kaufhaus. Sogar zuletzt auf dem Nikolaus-Markt in der Kreuzauer Festhalle. Natürlich sind die Menschen, die solche Vergleiche ziehen, schon etwas älter. Und der Vergleich kommt natürlich mit einem leichten Hinken daher. Während Hannelore Jacobs, die vor gut zehn Jahren starb, und ihre Schwestern sich dem Gesang widmeten, sind Lotti und Lilli weniger musikalisch. Legen aber, trotz ihres Alters und Übergewichtes, auch heute noch eine gewisse Akrobatik an den Tag, die ihre Kunden durchaus zu schätzen wissen. Was sie mit den Jacob-Sisters verbindet, sind die auftoupierten weißblonden Locken, die Vorliebe für Pudel und die Tatsache, dass auch sie Geschwister sind. Sogar Zwillinge. Eineiig. Wobei Lotti zehn Minuten älter ist und vermutlich deswegen auch heute noch bestimmt, wo es lang geht. Vor vielen Jahren verschlug es Lotti und Lilli Birkenbach von einem Wohnwagen-Strich in Köln zum 'Nachtigall' nach Düren. Das war vor gut zehn Jahren gewesen, ungefähr zur gleichen Zeit, als Hannelore Jacobs starb. Kurze Zeit später mieteten sie sich in Üdingen ein Häuschen an. In unmittelbarer Nachbarschaft der Uerlichs. Sie fahren dreimal pro Woche mit der Rurtalbahn nach Düren zur Arbeit. Die Zeiten passen hervorragend. Abends um 21.46 Uhr ab Üdingen und morgens um 5.20 Uhr ab Düren Hauptbahnhof zurück.

Klar gab es bei ihrem Einzug in dem kleinen Ort wilde Spekulationen. Da die beiden Frauen aber von Anfang an kein Geheimnis aus ihrem Beruf machten und zu jedem Adventsbasar und Straßenfest großzügig spendeten und – bis auf gelegentliches Augenklimpern – der Üdinger Männerwelt keinerlei Avancen machten, sollte man sich schnell an sie gewöhnen. Annemarie Uerlichs, Üdinger Urgestein, schloss 'die Mädchen' in ihr Herz und sie war es schließlich, die ihren Sohn bat, 'den Mädchen' bei Behördenangelegenheiten ein wenig zur Hand zu gehen.

Und jetzt sitzen 'die Mädchen' in ihren pinken Frottee-Hausanzügen in ihrer knallbunten Küche und backen Quarkmutzen. Schließlich wollen sie Hape was anbieten können, wenn der später zu Besuch kommt.

26.

Mittlerweile ist ihr ganz schwindelig geworden. Sie hat jetzt intensiv das Thema 'polnische Pflegekräfte' recherchiert. Dabei hat sie festgestellt, dass es auch offizielle Agenturen zu geben scheint, und sowohl die Caritas, als auch die Diakonie eine entsprechende Plattform betreiben. Ruth hat sich eingelesen in die unterschiedlichen Modelle, die unterschiedlichen Leistungen und die unterschiedlichen Preise. Sie hat einige Zeitungsartikel inklusive Leserbriefe zum Thema studiert. Mit diesem Gerüst an Informationen will sie sich später bei den Kreuzauer Polinnen um die tote Malgorzata Skulski erkundigen. Natürlich offiziell nur, um eine eventuelle Versorgung ihrer Schwester sicherzustellen. Mittlerweile hat sich auch Elvira Klein gemeldet. Sie haben vereinbart, dass Elvira ihr morgen sofort Bescheid gibt, sobald Agnieszka oder Lena oder beide ins Café kommen. Morgen ist Mittwoch, und somit vermutlich bis auf weiteres der letzte Tag, zumindest Agnieszka, in Kreuzau anzutreffen. Molgarzata wäre am Freitag zurück nach Polen gereist. Agnieszka hat das vermutlich immer noch vor.

'Spaziergang über den Lohberg? Treffpunkt Stadion um 16 Uhr? Ist viel passiert', schreibt Harald.
'Gerne. Hab' auch viel zu erzählen!', schreibt sie zurück.
Sie fischt die letzten Kartoffelchips-Krümmel aus der

Tüte und schreibt an RenRew: *'Vielleicht wird es ja gar nicht so schlimm, wie befürchtet. Wir lesen morgen von einander.'*

Dann schließt sie den Chat und stellt mit Herzklopfen fest, dass sie nur noch gut eine Stunde Zeit hat bis zum Treffen mit Harald. Auf die Feststellung, mit Herzklopfen auf die Verabredung zu reagieren, stellt sich weiteres Herzklopfen ein. Ja, in manchen Momenten ist Harald mehr für sie, als nur ein guter Freund. Und gerade jetzt ist wieder so ein Moment.

27.

Auch wenn sie weiß, dass Hiltrud nicht so genau auf die Uhr schaut, ist sie immer pünktlich. Vielleicht auch gerade deswegen. Sie möchte die Gutmütigkeit ihrer Chefin nicht ausnutzen, aber sie hat sich mit Elvira Klein verquatscht. Es hat so gut getan, sich mit ihr über Malgorzata und ihre eigene Angst unterhalten zu können. Elvira Klein ist so ein lieber Mensch. Schließlich hat sie kurz nach drei die Backstube verlassen. Und sofort hat sich das Gefühl eingestellt, beobachtet zu werden. Direkt an der Sparkasse hat sie sich umgedreht und aus dem Augenwinkel heraus gesehen, wie jemand ganz schnell im Eingang verschwunden ist. Was weiß sie eigentlich über Malgorzata? Was ist, wenn deren Mörder sie als nächstes Opfer auserkoren hat? Eigentlich hat sie durch den Herkesgarten gehen wollen. Aber den lässt sie jetzt links liegen und entscheidet sich für die befahrene Dürener Straße. Dadurch wird sie sich allerdings noch mehr verspäten. Ein Gedanke bohrt sich in ihrem Kopf fest, der sehr schmerzhaft ist. Letztlich ist sie es gewesen, durch die Malgorzata die Stelle bei Annemarie Uerlichs bekommen hat. Malgorzata arbeitete zwar schon seit 2015 immer mal wieder in Deutschland, also ein Jahr länger als sie. Aber sie selbst ist diejenige, die es vor zwei Jahren direkt nach Kreuzau verschlagen hatte. Nachdem ihre ursprüng-liche Chefin - Erika Richter - plötzlich verstarb, hatte sich deren Nachbarin – Hiltrud Virnich – an sie gewendet. Und seitdem kommt sie immer wieder für drei Monate zu Hiltrud nach Deutschland. Das hatte sich alles irgendwie gut gefügt. Nach Ludos Tod war sie in eine Depression gerutscht, aus der auch ihre Kinder Lenka und Boris sie nicht hatten herausholen können. Aber Lenka sagte schließlich: 'Mama, du hast Papcio so lange und aufopferungsvoll gepflegt, nutze doch einfach die erworbenen Kenntnisse und suche dir einen Job in Deutschland. Da werden immer Pflegekräfte gesucht.'

Als sie das Bahngleis überquert, sieht sie einen Schatten, der ganz schnell mit der Efeuhecke des Weges entlang des Gleises verwächst. Ihr folgt tatsächlich jemand. Jemand, der weiß, welchen Weg sie nehmen wird. Jemand, der sie kennt. Sie versucht, ruhig zu atmen. Sie versucht, nicht zu laufen, sondern einfach nur zügig zu gehen.

Ja, und Hiltrud war mit Annemarie Uerlichs zusammen zur Schule gegangen. Zweimal pro Jahr besuchen sie sich. Kurz vor Weihnachten findet das Treffen bei Annemarie statt und in der Karwoche bei Hiltrud. Annemarie hatte sie schließlich gefragt, ob sie jemanden kenne, der sich um sie kümmern könne. Da hatte sie Malgorzata ins Spiel gebracht …

Die Haustüre ist jetzt erreicht. Sie braucht ein biss-chen, um den Schlüssel ins Schlüsselloch zu stecken. Ihre Hände zittern. Hinter ihr steht jemand. Seinen Atem kann sie in ihrem Nacken spüren. Eine Hand legt sich auf ihre Schulter und packt zu.

„Wir müssen reden!"

28.

„Lena. Leeeena!"
Durchdringend schallt Johanna Schöllers Stimme durch den Flur. Zwei Sekunden später ist das Gleiche noch einmal zu hören.

„Ich komme sofort", ruft Lena aus dem Badezimmer. Im Waschbecken weicht eine Unterhose ein. Lena versucht mittels Nagelbürste und Gallseife die Spuren von Durchfall aus Johannas Unterhose zu entfernen.

„Lena, jetzt komm' endlich. Deine Pause fängt erst in zehn Minuten an", schreit die Seniorin und schiebt nach einer Atempause hinterher: „Wobei sich mir nicht erschließen will, weswegen du schon wieder eine Pause brauchst. Weißt du eigentlich, was du mich kostest?"

Mit leichtem Würgereiz starrt Lena auf die Kotparti-kelchen, die die Nagelbürste aus der weißen Feinrip-punterhose gelöst hat. Sie überlegt noch kurz, den Schlüpfer mit heißem Wasser auszuspülen, beschließt aber dann, dem ungehaltenen Drängen ihrer Chefin sofort nachzukommen.

52

„Na endlich", wird sie von Johanna im Wohnzimmer empfangen. Diese zeigt auf das Romanheftchen auf dem grauen Teppichboden. Sie sitzt auf dem schweren schwarzen Ledersofa, dem ein Hocker aus gleichem Material vorgeschoben ist. Auf diesem liegen ihre Beine. Anderthalb Beine. Der rechte Unterschenkel wurde vor 14 Monaten amputiert. Als Folge ständiger Blutzuckerentgleisungen. Ihrer ohnehin negativen Grundeinstellung war das nur zuträglich gewesen.

'Doktor Florian Fischer' steht in riesigen Lettern und in verschnörkelter Schrift auf dem Heftchen geschrieben. Lena bückt sich und und will Johanna den Arzt-Roman in die Hand drücken. Doch diese zieht ihre Hand weg, sodass das Heftchen erneut auf dem Teppich landet.

„Du Trampel", schreit Johanna ungehalten.

Lena denkt an die halbstündige Pause, die jetzt gleich beginnt und schluckt ihre Tränen herunter. Johanna erinnert sie so sehr an ihre Mutter. Die Mutter nach dem Unfall. Die Mutter vor dem Unfall war eine liebenswerte Frau gewesen.

29.

Auf Höhe der Eifelstraße überholt sie ihn. Er winkt und tritt kräftig in die Pedale. Sie freut sich sehr, ihn zu sehen. Das Herzklopfen allerdings ist weg, und sie weiß nicht so genau, ob sie deswegen erleichtert oder enttäuscht ist.

Ruth parkt ihren roten Mini an der Kurt-Hoesch-

Kampfbahn. Die Jeanslatzhose und die roten Doc Martens trägt sie noch immer, hat sich aber jetzt für eine rote Regenjacke anstelle der Strickjacke entschieden.

Während sie aussteigt, fällt ihr Blick auf die altehrwürdige Kurt-Hoesch-Kampfbahn. Kampfbahn hat so etwas Martialisches. Sie weiß aber, dass dieser Begriff bei der Errichtung der Anlage ein absolut gebräuchlicher gewesen war. Jetzt überlegt sie, wann das Gebäude wohl diesen rot-braun-lachs-was-auch-immer-farbenen Anstrich erhielt. Sie glaubt sich zu erinnern, dass das Haus mit den abgerundeten Ecken früher einmal weiß gewesen ist. Die Ende der 20er erbaute Anlage steht unter Denkmalschutz. Das Gebäude ist eigentlich ganz hübsch, hoffentlich ist bald mal wieder ein Anstrich fällig. Natürlich in einer anderen Farbe.

Harald kämpft sich durch den Gegenwind und lacht ihr zu. Kurze Zeit später kämpfen sie sich beide den Hügel hoch, der sich Lohberg nennt. Harald versucht mehrfach, ihr von Hapes Besuch beim Anwalt zu erzählen, kommt aber nicht gegen die Geräusche des Windes an. So wechseln sie jetzt zum unteren Weg und finden eine relativ windgeschützte Bank. Schnell breitet Harald, ganz Gentleman der alten Schule, ein Herrentaschentuch aus, was Ruth mit einem Lächeln belohnt, bevor sie darauf Platz nimmt. Immer wieder versucht ein Sonnenstrahl, das verhangene Grau des Himmels zu durchbrechen. Leider nur mit sehr mäßigem Erfolg.

„So, mein Lieber, fang' du an. Was wolltest du mir erzählen? Gestern und heute?"

„Es ist viel passiert … angefangen hat alles mit einem Anruf meines Enkels Connor."

Und Harald erzählt von Steffis Affäre, seiner Sorge wegen der Familie, Hapes Anruf, Pfannkuchen für Frau Uerlichs und vieles mehr. Und Ruth hört aufmerksam zu. In Gedanken macht sie sich ein paar Notizen für spätere Nachfragen. Sie will seinen Redefluss nicht unterbrechen. Jetzt setzen sich doch ein paar Sonnenstrahlen durch und der Wind lässt ein bisschen nach. Harald atmet tief ein und aus. Soviel an einem Stück hat er schon lange nicht mehr gesprochen.

„Komm', wir gehen noch ein Stück", zieht Ruth ihn hoch und drückt ihm einen Kuss auf die Wange. „Der ist für 'Pfannkuchen für Frau Uerlichs'."

Harald lächelt ein bisschen verlegen, lässt sich Zeit beim Zusammenfalten des Taschentuches und steckt es umständlich in die rechte Tasche seiner Allwetterjacke.

„Ich hab' auch einiges zu erzählen", sagt Ruth und setzt sich in Bewegung. „Komm, du Faulpelz!"

„Das sagt die Richtige. Ich bin nicht mit dem Auto zum Stadion gefahren."

„Ich hab' auch eindeutig die weitere Anreise."

„'Anreise' ist jetzt nicht das Wort, das ich für einen Weg von 500 Metern wählen würde."

„1000 Meter!"

„Moment, das haben wir gleich", zieht Harald sein Smartphone aus der linken Jackentasche.

„Laut Google sind das ziemlich genau 900 Meter. Okay, du warst näher dran."

Er gibt Ruth einen leichten Schubs: „Was ist los?

Schon erschöpft?"

Ruths Augen funkeln vor Vergnügen unter den silbergrauen Ponyfransen, die wiederum frech unter der roten Kapuze hervorgucken: „Wenn du tatsächlich mit mir Schritt halten kannst, erfährst du meine Neuigkeiten."

Und so ziehen sie weiter durch den meist grauen Februarnachmittag. Der Wind hat eine Pause eingelegt. Fast so, als wolle er Ruth die Möglichkeit geben, ihre Erlebnisse der vergangenen 24 Stunden kundzutun, ohne dabei zu schreien. Sie erzählt von dem endlich vereinbarten Termin beim Therapeuten, vom Angebot Georg Nießens, von ihrem Gespräch mit Elvira Klein und der Idee, auf 'Polinnensuche' für Marianne zu gehen. Nur von RenRew erzählt sie nichts.

30.

„Ne schöne Jrooß von meng Mamm", sagt Hape, als ihm die Tür des kleinen Backsteinhauses geöffnet wird. Er ist nicht zum ersten Mal hier. Aber sonst geht es immer darum, Lotti und Lilli auf irgendeine Weise zu helfen. Heute ist er derjenige, der Hilfe braucht. Das macht ihn verlegen.

„Nun komm' schon rein", feixt Lilli. „Wir beide tun dir nichts. Wir wissen ja, dass du in festen Händen bist."

Pudeldame Lissi beschnuppert ihn, lässt aber schnell wieder von ihm ab. Er riecht weder nach Hund, noch nach Katze. Also völlig uninteressant.

„Komm' rein!", ruft Lotti aus der Küche. „Es gibt

Quarkmutzen."

Und schon sitzt er bei Kaffee und Mutzen in der kunterbunten Küche der beiden und tastet sich vorsichtig an das Thema 'Malgorzata und deren vermeintlicher Ausflug ins horizontale Gewerbe' heran.

„Brauchst gar nicht so um den heißen Brei zu reden", lacht Lotti. „Die hat schon was verdammt Nuttiges gehabt."

„Na, Vorsicht", schaltet sich Lilli ein. „Wer im Glashaus sitzt …"

„ … der darf auch mit Steinen werfen", vervollständigt ihre Zwillingsschwester den Satz.

„Na, du musst es ja wissen, du Nutte", spottet Lilli mit einem Augenzwinkern.

„Selber Nutte", lacht Lotti so sehr, dass ihr Bäuchlein unter dem pinkfarbenen Frottee-Anzug wackelt.

Jetzt lacht auch Hape. Er ist immer wieder davon angetan, mit welchem Humor die beiden ihr Leben meistern. Dann stellt er sich allerdings auch die Frage, was wohl die beiden zu Prostituierten hat werden lassen. Bislang hat er nicht nachfragen wollen. Es erscheint ihm übergriffig.

„Also", lacht er. „Watt wor dann esu nuttisch an demm Maljorzata?"

„Du meinst außer den auftoupierten platinblonden Haaren, der grellen Schminke und dem Röckchen in Gürtelbreite?", fragt Lotti kichernd.

„Jetzt sei mal bitte etwas ernst", mahnt Lilli. „Der gute Hape steckt in Schwierigkeiten. Und wir sollten versuchen, ihm zu helfen."

Lotti wird mit einem Mal sehr nachdenklich. Und das nicht, weil Lilli ausnahmsweise vorgegeben hat, was zu tun ist. Ihr fällt ein Gespräch mit einem Freier ein, das vor ungefähr zwei Wochen stattgefunden hat. Er erzählte von einer Frau aus Üdingen, 'Russin oder Polin oder sowas', die er nächtens in deren Zimmer besuchte. Sie hatte schnell das Thema gewechselt, weil sie nicht über Üdingen sprechen wollte ... sich nicht verplappern wollte ... weil Üdingen die Welt ist, in der Freier nicht stattfinden. Sie muss noch einmal genau darüber nachdenken, was der Mann alles erzählt hatte. Sie wäre nie auf die Idee gekommen, dass es sich bei der Frau um Malgorzata hätte handeln können. Das muss sie Hape erzählen. Vielleicht muss sie auch den Freier darauf ansprechen, der zu den Stammkunden im 'Nachtigall' zählt. Die Vorstellung, dass ein Freier in ihre Privatsphäre eingedrungen ist, indem er im Haus schräg gegenüber gevögelt hat, behagt ihr ganz und gar nicht. Die Vorstellung, mit mit diesem Menschen über Üdingen zu sprechen noch weniger. Aber für Hape wird sie das tun. Der hat ihr und Lilli schon so oft geholfen. Außerdem muss die ganze Geschichte für die nette Frau Uerlichs ganz schrecklich sein. Da muss sie, Lotti, einfach mal über ihren Schatten springen.

31.

„Wir sollten uns öfter sehen", verabschiedet sich Werner Breuer von seiner Tante. Und das ist absolut ehrlich gemeint. Als er die Stufen des kleien Hauses im 'Dröhl' heruntergeht, dreht er sich noch einmal um: „Und danke für das tolle Geschenk. Darüber hab ich mich echt riesig gefreut."

Ursprünglich ist ihm der Besuch bei seiner Tante zu seinem Geburtstag ein Angang gewesen. Und in Gedanken hat er die Stunden gezählt, bis zu seinem Treffen mit Hans van Damm und den anderen Jungs beim 'Matthes'. Aber schnell hat er gemerkt, wie anders Tante Gretchen sein kann, wenn man nicht auf Abwehr ist und seine Verletzlichkeit preisgibt. Er bekommt die Bilder der Leiche einfach nicht mehr aus seinem Kopf. Und das hat er seiner Tante erzählt. Er hat erzählt von der wächsernen Haut, dem starren Blick und dem geronnenen Blut unter dem dunklen Ansatz des wasserstoffblond gefärbten Haares. Grete hat zugehört, manchmal genickt und ihm ein Glas Wasser herüber geschoben. Drei Mal hat er alles erzählt. Vielleicht auch vier Mal. Dann haben sie Kaffee getrunken und Gretchens frisch gebackenen Apfelstrudel gegessen. Seine Tante hat schließlich stockend angefangen von Ernst zu erzählen, seinem Onkel, an den er sich nicht erinnern kann. Von Ernst in seinem guten dunkelblauen Anzug, aufgebahrt in der Leichenhalle. Und von seinen wächsernen Händen hat sie gesprochen, in die sie noch einen Rosenkranz gesteckt hat. Er hätte seinen Onkel gerne kennengelernt. Es sind zwei schöne Stunden gewesen bei Tante Gretchen. Und jetzt graust ihm bei der Vorstellung, später Hans und die Jungs zu treffen. Und Macho-Witze zu reißen. Über Blondinen im Allgemeinen und tote Blondinen im Besonderen.

32.

Von seinem Zimmer aus sieht er den Sonnenuntergang und sehnt sich nach Urszula oder Malgorzata. Das weiß er nicht so genau. Mit Urszula verbindet ihn ein gemeinsames Kind. Seine geliebte Tochter Ewa. Mit Malgorzata hat ihn aufregender Sex verbunden, zumindest bis zu dem Zeitpunkt, als sie das nicht mehr wollte. Das hat ihn dann allerdings erst so richtig scharf gemacht. Sex kann er nahezu überall bekommen. Ohne dafür zu zahlen. Die Bedürftigkeit mancher Frauen ist so offensichtlich, dass es schon wieder traurig ist. Diesen Typ erkennt er sofort. Meistens haben die schon in jungen Jahren eine ausgeprägte Magenfalte, die von der Nase bis zum Kinn verläuft. Diese Frauen sind sehr schlank bis hager. Ein Kompliment und ein vermeintlich tiefgründiges Gespräch, und er hat sie. Das Kompliment darf nicht zu plump sein. Wenn er etwas flüstert von Intelligenz gepaart mit sensibler Verletzlichkeit, hat er schon gewonnen. Nervig ist allerdings, wie anhänglich diese Frauen nach dem ersten Fick werden. Malgorzata ist da aus ganz anderem Holz geschnitzt gewesen. Sie hat nie gewollt, dass er sich scheiden lässt. Sie ist immer so selbstständig gewesen. Manchmal leider zu selbstständig. Dass sie ihn verlassen hat, hat schon ziemlich an seiner Eitelkeit gekratzt. Aber da ist auch ein Gefühl von Schmerz gewesen. Vermutlich das, was man landläufig Liebeskummer nennt. Sein Smartphone weist mittels Vibration auf eine eingehende Nachricht hin.

'Stimmt es, dass du kein Geld für meine Zahnspange verdient hast?'

'Das stimmt so nicht, Ewa. Dauert nur ein bisschen länger, Myszka!'

'Mama sagt, du hast das Geld nicht, Tata!'

'Wir sehen uns am Samstagmorgen, und dann habe ich das Geld!'

Da hat er den Mund wohl etwas zu voll genommen. Wo soll er denn bis Freitag das Geld hernehmen? Aber andererseits: Urszula hat ihn in diese Situation gebracht. Er wird ihr Haushaltsgeld kürzen. Soll sie doch zusehen, wie sie damit zurecht kommt. Alles läuft zur Zeit ziemlich aus dem Ruder. Und was hat er sich dabei gedacht, Agnieszka so zu erschrecken? Der Sonnenuntergang ist wirklich schön und allmählich freut er sich doch ein bisschen auf Urszula. Irgendwie werden sie das mit dem Geld schon hinbekommen. Er muss auf Dauer einfach mehr Touren rein bekommen. Und dafür muss er mal bei Pavel ordentlich auf den Tisch hauen. Plötzlich überkommt ihn das dringende Bedürfnis, noch einmal vor die Tür zu gehen. Noch irgendwo ein Bierchen zu trinken. Die Kneipe hier in Kalterherberg kann er in weniger als fünf Minuten zu Fuß erreichen. Dann dürfen es auch ruhig drei Bierchen werden, oder vier. Wieder kündigt ihm sein Smartphone eine Nachricht an. Doch jetzt ist es nicht Ewa.

'Ich vermisse dich so sehr. Wann können wir uns treffen?'

33.

Über Kreuzau geht gerade die Sonne auf und bei Büschel herrscht schon reger Betrieb. Elvira Klein fällt
das Freundlichsein schwer. Das ist wohl das erste
Mal, dass zwischen der Aufschrift des Schildchens auf
der Brusttasche ihres Kittels 'Freundlich bedient sie
Frau Klein' und ihrem Gesichtsausdruck eine Diskre-
panz zu finden ist. Sie hat schlecht geschlafen. Hape
hat sich hin und her gewälzt und sie hat ein schlech-
tes Gewissen gehabt, weil sie ihre Mutter die dritte
Nacht in Folge alleine lässt. Schließlich hat sie sich um
3 Uhr im Schlafanzug in ihren grünen Corsa gesetzt
und ist nach Drove gefahren. Dort hat sie ihre Mutter
beruhigt, der eine Nachbarin erzählte, ihre Tochter
Elvira sei ein Verbrecherliebchen. Gerade gut eingeschlafen, hat sie um 4 Uhr ihr Smartphone aus dem
Schlaf gerissen. Ein besorgter Hape, der Angst gehabt
hat, sie könnte das nächste Opfer des Grillhütten-
Mörders geworden sein. Das hat ihr so leid getan,
dass er sich jetzt auch noch wegen ihr hat Sorgen machen müssen. Dann hat ihre Mutter den Lichtschein
unter ihrer Zimmertür bemerkt und hat ihr wieder
den Disput mit der Nachbarin erzählt. Als sie ihre
Mutter endlich beruhigen und wieder ins Bett bringen konnte, hat die Wanduhr schon 5.30 Uhr ange-
zeigt. Daraufhin hat sie sich einen starken Kaffee auf-
geschüttet und für ihre Mutter das Frühstück vorbereitet. Das gleiche hat sie dann eine Stunde später in
Üdingen auch für Hape und Annemarie gemacht, bevor sie nach Kreuzau zur Arbeit gefahren ist. Insgesamt hat sie wohl anderthalb Stunden geschlafen,
sorgt sich um ihre Mutter, Hape und Annemarie und
ist in den vergangenen 20 Minuten schon zweimal

auf Hapes Rolle im 'Mordfall Drei Erken' angesprochen worden. Nur gut, dass sie ab morgen Urlaub
hat. Ursprünglich hat sie geplant gehabt, sich morgen
ins Kreuzauer Möhnentreiben zu stürzen. Dazu fehlt
ihr jedoch jetzt Lust und Kraft. Morgen wird sie ausschlafen, zuhause in Drove. Und danach will sie ihre
Mutter ins Auto packen und zu Hape und Annemarie
fahren und Mutzen essen. Selbstgebackene, versteht
sich. Vielleicht sollte sie auch ein Nachthemd und
Medikamente für ihre Mutter einpacken? Ein paar
Tage bei Hape und Annemarie täten ihr bestimmt
gut, weg von dieser gehässigen Nachbarin. Ihre Mutter könnte dann im 'Polinnenzimmer' schlafen. Oder
muss das noch polizeilich untersucht werden? Da will
sie sowieso zuerst mal mit Hape drüber sprechen.

„Frollein Klein", holt Grete Breuer sie aus ihren Gedanken. Innerlich stellt sie sich sofort auf Abwehr ein
… und Verteidigung.

„Ich wollte Ihnen einfach nur viel Kraft für diese
schwere Zeit wünschen", überrascht sie die Seniorin.
„Könnten Sie mir vielleicht auch zwei normale Brötchen und ein halbes Pfund feines Schwarzbrot einpacken?"

Und während Elvira die Bestellung bearbeitet, zählt
Gretchen Breuer das Geld auf die Theke: „Ihnen und
Ihrem Verlobten von Herzen alles Gute!"

34.

Um 10 Uhr morgens an einem trüb-grauen Tag, ist an

der Grillhüte 'An den drei Erken' in Kreuzau nicht mit Menschen zu rechnen. In eine dicke Daunenjacke eingepackt, ist Bärbel Heinrichs mit Pudeldame Elfi unterwegs. Ein Geräusch aus der Hütte weckt ihre Neugier. Sie will schon nachsehen, als ihr dieser schreckliche Mord wieder einfällt. Besser nicht dahin gehen. Sie hofft, im Grau des Morgens, entlang der kahlen Bäume, die die Farbe ihrer dicken Jacke nahezu exakt wiedergeben, nicht aufzufallen.

Vorsichtshalber hält sie die Luft an. Nicht so Elfi. Die bellt vor lauter Aufregung. Aus der Hütte kommt jemand raus. Eine große Gestalt. Dunkel gekleidet. Mit Schiebermütze und Sonnenbrille. Wahrscheinlich männlich. Bärbel vermutet, dass es sich bei der Person um die gleiche Person handelt, die vor zwei Tagen aus der Hütte kam. Diese Person mit den schwarzen Haaren und den schwarzen Augen. Das war eindeutig ein Mann. Das hat sie auch schon ausführlich diesem Herrn van Damm erzählt. Oder es zumindest versucht. Aber der hat sie abgewimmelt und gesagt, er würde jemanden vorbeischicken. Seitdem ist sie nicht mehr aus dem Haus gegangen, bis eben. Ob sie vielleicht doch Harald von diesen Ereignissen berichten soll? Von ihm hat sie schon seit Monaten nichts mehr gehört. Kein Gruß zu Weihnachten. Kein Gruß zum Neuen Jahr. Nichts. Der hat bestimmt etwas mit dieser Frau Pitscher. Das hat Marita nicht verdient. Vielleicht sollte sie ihn doch anrufen, oder besser noch, gleich bei ihm vorbeischauen? Es geht hier schließlich um die Aufklärung eines Mordfalles. Da dürfen persönliche Befindlichkeiten keine Rolle spielen.

35.

Ein bisschen außer Puste erreicht sie das Schöllersche Haus. Sowie sie den Schlüssel ins Schloss steckt, hört sie auch schon Johanna rufen. Ungeduldig. Fordernd. Schrill. Die Stimme geht ihr durch Mark und Bein.

„Hat das wieder lange gedauert. Ich zahl' dich nicht fürs Rumtrödeln, Frollein!"

„Ich hab' mich doch beeilt", legt Lena eine Bandage aus dem Sanitätshaus, eine Tube Schmerzgel aus der Apotheke, die Einkäufe fürs Mittagessen und ein neues Doktor-Florin-Fischer-Heftchen auf den Couchtisch.

„Ich fange jetzt sofort an zu kochen, wenn Sie sonst keine Wünsche haben."

Wieder mal stößt ihr auf, dass sie die einzige unter den ihr bekannten polnischen Hilfskräften ist, die ihre Chefin siezen muss.

„Reib' mir zuerst den Stumpf ein", fordert Johanna. „Aber wasch dir vorher die Hände!"

Mit frisch gewaschenen Händen öffnet Lena die Tube des Schmerzgels, indem sie die Verschlusskappe abnimmt und damit das Aluminiumhäutchen eindrückt. Dann verteilt sie das Gel auf ihren Händen und beginnt vorsichtig, den Stumpf einzureiben. Johanna schimpft trotzdem.

„Und noch was, Frollein! Für Privatgespräche ist hier kein Platz."

„Das weiß ich doch."

„Aber anscheinend weiß deine Freundin das nicht.

Sie hat hier angerufen."

„Wer?"

„Na, so viele Freundinnen wirst du doch nicht haben. Diese Agnes aus Polen."

„Agnieszka? Oh! Was wollte sie denn?"

„Du sollst sie um 1 Uhr abholen. Sie hat Angst."

Johanna Schöller stößt ein Glas Apfelsaft um. Lena vermutet dahinter Absicht und wünscht sich einmal mehr, schnellstmöglich eine angenehmere Stelle zu finden während sie sich beeilt, zunächst mit Papiertaschentüchern, die klebrige Flüssigkeit auf dem Teppichboden aufzusaugen.

Unterwegs zur Küche, fällt ihr Blick – ohne es eigentlich zu wollen – in den mit Eichenholz gerahmten Spiegel und lässt sie zusammenfahren. Sie sieht furchtbar aus. Blass, ausgemergelt und faltig. Der Kurzhaarschnitt ist längst herausgewachsen. Und die Phase, in der große Wickler dieser Frisur noch etwas Pfiff geben könnten, ist auch überschritten. Ob sie ihre Haare wachsen lassen soll? Um sie später locker hochstecken zu können? So wie Agnieszka? Sie kann die ja gleich mal fragen, ob so etwas zu ihr passen würde. In modischen Fragen ist Agnieszka bewandert. Vielleicht können sie beide sich ja auch mal in der Mittagspause zusammen in den Kreuzauer Boutiquen umsehen? Aber das ist zu teuer. Und selbst wenn, dann müsste das sehr bald passieren, denn Agnieszka reist schon am Freitag zurück.

Aus dem Wohnzimmer hört sie Johanna schimpfen. Für einen Moment schafft sie es, auf Durchzug zu schalten und die verletzenden Worte nicht an sich herankommen zu lassen. Ob er eine Hochsteckfrisur mögen würde?

„Na warte, Frolleinchen. Dir werde ich noch Manieren beibrigen", schreit Johanna unüberhörbar.

„Komm' sofort zurück ins Wohnzimmer."

Mit einem angefeuchteten Schwamm und zusammengebissenen Zähnen eilt Lena zurück ins Wohnzimmer. Sie freut sich auf ihre Mittagspause und das Treffen mit Agnieszka. Vor wem mag die wohl Angst haben?

36.

Gesagt, getan. Die Idee, Harald beruflich zu konsultieren, hat sie nicht mehr losgelassen. So hat sie auch davon abgesehen, bei Büschel zwei Stück Kuchen oder Mutzen zu holen, und ist eiligen Schrittes zum 'Wiesenbach' spaziert. Im Kopf hat sie sich ein paar Sätze zusammen gebastelt. Er soll nur ja nicht glauben, sie käme seinetwegen.

„Bärbel …", öffnet ein überraschter Harald die Tür.

„Wollt ihr nicht reinkommen?", streichelt er Elfi über den Kopf.

„Das ist eine rein berufliche Konsultation", antwortet Bärbel ein wenig schnippisch, folgt dennoch Harald und Elfi ins Wohnzimmer. Dabei mit Blicken kontrollierend, ob die Fotos von Marita noch alle an ihrem Platz sind. Harald muss innerlich schmunzeln.

„So, so. Eine berufliche Konsultation! Du weißt aber schon, dass ich nicht mehr bei der Polizei beschäftigt bin?"

„Natürlich. Aber dieser blöde van Damm wimmelt

mich ja ab."

Harald holt eine Flasche Wasser und zwei Gläser. Das sei bei beruflichen Konsultationen so üblich, erklärt er. Und Bärbel erzählt.

37.

Seit gestern Nachmittag hat sie das Haus nicht mehr verlassen. Eben hat Lena angerufen. Sie sei schon in Pause und würde pünktlich um 13 Uhr vor dem Haus stehen. Hiltrud hat sie schon gefragt, was los sei und ob sie ihr vielleicht helfen könne. Da hat sie geantwortet, dass sie lediglich in Folge schlecht geschlafen habe. Ob sie eine längere Pause brauche, wollte Hiltrud wissen. Nein, eine längere Pause möchte sie nun wirklich nicht machen. Eher eine kürzere. Sie wird um 14 Uhr zurück sein. Dann, wenn auch Lena zurück sein muss. Sie betrachtet ihre üppige Figur vor dem Spiegel. Der einzige Vorteil der vergangenen zwei Tage: Sie hat abgenommen. Die Jeans spannt nicht mehr und der Knopf lässt sich problemlos schließen. Ob sie zur Polizei gehen soll? Ob sie mit Annemaries Sohn sprechen soll? Ob Rafal Malgorzatas Mörder ist? Will er jetzt sie zum Schweigen bringen? Aber warum? Sie weiß doch nichts! Da klingelt es an der Tür. Agnieszka packt ihre Zigaretten ein, stellt Hiltrud noch einen Trinkbecher mit Apfelsaft hin und öffnet.

38.

Hätte er vor einem Jahr seine 'guten' Eigenschaften

aufzählen sollen, dann wäre ihm wohl auf Anhieb
'korrekt', 'zuverlässig' und 'gesetzestreu' eingefallen.
Also, bis vor ziemlich genau einem Jahr, bis zu diesem
Zeitpunkt, als er mit Ruth zusammen in den ersten
Fall hineinschlitterte. Zuverlässig ist er noch immer.
Bei den anderen Attributen macht er mittlerweile
Abstriche. Hat er doch jetzt nicht van Damm, sondern
Hape und Ruth von Bärbels Beobachtungen in Kennt-
nis gesetzt.
Mit Hingabe schrubbt er den Grabstein der seinen
Familiennamen trägt. Und neben 'Marita' wird ir-
gendwann einmal 'Harald' zu finden sein. Steffi soll
dann die Buchstaben und Zahlen anbringen lassen.
Bis auf sein Sterbedatum ist ja bereits alles bekannt.
'Lady Mary', schrubbt er weiter. 'Ich bin gerade einfach nur noch überfordert. Unsere Tochter ... dann
dieser Mord mit dem Hape in Verbindung gebracht
werden soll. Du kennst ihn doch, der könnte keiner
Fliege etwas zuleide tun ... Eben war auch noch Bärbel da. Ja, deine Freundin Bärbel. Und ich verstehe
bis heute nicht, was dich mit dieser Frau verbunden
hat. Ja, und ... ähh. Da ist noch etwas. Wir haben uns
ja mal versprochen, immer ehrlich zu einander zu
sein, Lady Mary. Manchmal mag ich Ruth ein bisschen
mehr als nur eine Freundin. Also nur manchmal. Ich
finde, das solltest du wissen. Natürlich wird sie dir
niemals das Wasser reichen können. Du bist die Liebe
meines Lebens. Und daran wird sich auch nie etwas
ändern.'
Er klopft noch einmal auf den Stein und fühlt sich erleichtert, als er den Schrubber in die Satteltasche
packt.

39.

Es ist schön muckelig warm hier. Und die lustigen
Masken und blau-weißen Papierrüschen an der Fensterfront wirken fröhlich. Dennoch ist die Stimmung
der beiden Frauen an dem kleinen Bistrotisch bei Büschel gedrückt. Elvira Klein hat Agnieszka und Lena einen Teller mit Quarkmutzen hingestellt, auf Kosten
des Hauses, was den beiden immerhin für einen kurz-
en Augenblick ein Lächeln entlockt hat. Agnieszka ist
auffallend blass und fahrig. Mehrfach hat sie sich eine
Zigarette in den Mund gesteckt und unter dem mah-
nendem Blick ihrer Bekannten wieder herausgenom-
men. Schließlich hat sie in ganz kleinen Bissen eine
Mutze gegessen und dabei immer wieder mit Kaffee
nachgespült. Lena indes scheint das Schmalzgebäck
zu genießen.

Elvira lächelt den beiden aufmunternd zu und
schiebt eine ältere Frau mit grauem Pagenschnitt zu
ihnen herüber.

„Darf ich vorstellen? Das ist Ruth Pitscher, eine liebe
Bekannte von mir. Sie sucht zeitnah eine Pflegekraft
für ihre körperlich noch fitte, aber demente Schwester", sagt Elvira und fügt flüsternd hinzu: „Es muss
nicht offiziell sein."

Widerstrebend bietet Agnieszka Ruth den freien
Stuhl an. Nach einer Unterhaltung mit einer Fremden
ist ihr gerade nicht zumute. Ruth schenkt Elvira ein
dankbares Lächeln und schiebt sich den Stuhl zurecht. Währenddessen hat sie Zeit, die beiden Frauen
unauffällig in Augenschein zu nehmen. Die leicht
Pummelige mit den schönen dunklen Locken hat

Angst. Heftige Angst. Und der Hageren mit dem herausgewachsenen Kurzhaarschnitt scheint die Aussicht auf eine neue Stelle ein Lächeln ins Gesicht gezaubert zu haben.

„Ich bin Lena Kaminski", stellt sich die Hagere vor und zeigt auf die Füllige: „Und das ist Agnieszka Fabian. Wie sähe die Arbeit denn aus?"

„Es muss jemand 24 Stunden verfügbar sein. Also auch nachts bei ihr schlafen. Das ist mir das Wichtigste. Sie wird eine eigene Wohnung unter der meinen beziehen. Ich werde oft bei ihr sein. Und auch mit ihr zusammen etwas unternehmen, solange das noch geht. Ihre Körperpflege übernimmt sie noch komplett selbst. Und ehrlich gesagt: Ich weiß noch gar nicht, wie ein Tag mit ihr strukturiert werden soll. Noch ist sie im Schiller-Euler-Stift und da auch gut aufgehoben. Aber sie möchte nach Hause. Zunächst müssten wir dann mal ein Treffen mit ihr zusammen arrangieren. Und gucken, ob die Chemie stimmt?"

„Die Chemie?", ist Lena irritiert.

„Ja, die Chemie. Entschuldigung. Das ist so ein typischer deutscher Spruch. Wir müssen natürlich sehen, ob die Betreuerin und meine Schwester miteinander zurecht kämen."

„Natürlich", ist Lena erleichtert. „Ab wann wäre das denn?"

„Das kann ich leider auch noch nicht genau sagen. Unter Umständen kann das sehr schnell gehen. Sind Sie interessiert?"

„Oh, ja! Sehr!", beeilt sich Lena zu sagen.

„Noch bin ich in Anstellung. Aber da würde ich gerne so schnell wie möglich kündigen."

„Es wäre wirklich wunderbar, wenn Lena da so schnell wie möglich herauskäme", mischt sich jetzt Agnieszka ein. „Ist ihre Schwester denn ein umgänglicher Mensch? ... Ähhh entschuldigen Sie bitte meine Direktheit."

„Nein. Nein. Kein Problem. Marianne ist ein warmherziger und offener Mensch. Natürlich kann ich nicht absehen, wie sie sich im Laufe ihrer Krankheit verändern wird", sagt Ruth und wendet sich wieder an Lena: „Wollen Sie mir Ihre Nummer geben, damit wir in Kontakt bleiben können?"

„Ungern", antwortet Lena und blickt nervös auf die Uhr. „Ich muss jetzt auch weg. Bin schon spät dran. Meine Chefin mag keine privaten Anrufe während der Arbeitszeit. Aber Sie finden mich hier immer mittags zwischen 12.30 und 14 Uhr. Und ich bin sehr, sehr interessiert."

Hastig zieht sich Lena ihren Mantel über. Auch Agnieszka springt auf.

„Du kannst doch noch bleiben", tadelt Lena sie. „Leiste Frau Pitscher doch noch ein bisschen Gesellschaft."

„Ähh ..."

„Sie haben Angst, alleine unterwegs zu sein, jetzt nach dem Mord?", sieht Ruth Agnieska fest in die Augen. „Das ist nur verständlich. Ich bin mit dem Auto hier und ich bringe Sie wohin auch immer Sie wollen, wenn Sie noch einen Kaffee mit mir trinken."

„In Ordnung", ist Agnieszka beruhigt. „Dann trinke ich gerne noch einen Kaffee mit Ihnen."

40.

Aus den zwei oder drei Bierchen sind dann gestern Abend doch neun oder zehn geworden. Und ein paar Schnäpschen obendrein. Alles dreht sich. Heute ist schon Mittwoch und eigentlich hätte er nach Kreuzau fahren wollen. Agnieszka abfangen, bevor die irgendwelchen Blödsinn erzählt. Die Kleine hat Angst vor ihm. Vermutlich denkt sie, er habe Malgorzata getötet und sie selbst sei die nächste auf seiner Liste. So ein Schwachsinn. Er will doch nur, dass sie weder ihrer Chefin, noch der Polizei etwas Dummes erzählt. Agnieszka ist mit Malgorzata befreundet gewesen. Von daher wird sie einiges wissen. Dass zwischen ihm und ihr eine Zeit lang etwas gelaufen ist bestimmt. Aber weiß sie auch von Malgorzatas Nebenerwerb? Und das sie zum Schluss nur noch auf eigene Rechnung gearbeitet hat? Wohl eher nicht.

Dennoch sollte er mit Agnieszka unter vier Augen sprechen, bevor sie sich am Freitag im Kleinbus begegnen. Er als Fahrer und sie als einer von sieben Fahrgästen nach Gedanszk. Dann wird kein vertrauliches Gespräch möglich sein. Und morgen ist schon Weiberfastnacht, da wird sie vermutlich unterwegs sein. Aber mit wem? Malgorzata ist tot.

Er sieht sich im Zimmer um. Seine Klamotten hat er vergangene Nacht bei seiner Rückkehr quer durch das Zimmer verteilt. Puh, die stinken. Da wird er wohl noch waschen müssen, so kann er keine lange Fahrt antreten. Wenn sich einer der Kunden beschwert, ist es kaum zu schaffen, mehr Aufträge an Land zu ziehen.

In dem kleinen Spiegelschrank im Bad muss noch Aspirin sein. Davon wird er jetzt zwei oder drei nehmen, sich eine Stunde hinlegen und anschließend nach Kreuzau fahren.

Wer hatte damals eigentlich die Idee mit dem Nebenerwerb? Malgorzata oder er? Sie hatte mit dem Thema angefangen. Hatte es zunächst als Scherz erzählt, aber gleichzeitig durchblicken lassen, dass sie die Idee gar nicht so abwegig findet. Schon der Gedanke daran hatte ihn ziemlich scharf gemacht und er hatte sich in einschlägigen Kneipen umgehört und ihr Freier organisiert. Diese hatte sie dann in deren Auto bedient. Meistens hatte sie sich nachts aus dem Haus geschlichen. Aus dem Haus eines Polizisten. Das war schon komisch gewesen. Manchmal hatte sie auch einen Freier während ihrer zweistündigen Mittagspause getroffen. Das war aber selten. Sehr selten.

Und jetzt ist sie tot. Liegt in einer Kühlkammer in der Pathologie. Seine schöne, wilde Malgorzata. Die Tränen, die er mit der Zunge auffängt, sind sehr salzig. Was soll er mit der kleinen Klette machen? Abservieren? Ober doch noch ein bisschen warten? Ein netter kleiner Fick, bevor er zurück nach Polen fährt, wäre schon nicht verkehrt.

Er hört, wie eine Tür ins Schloss fällt. Das muss die Freundin seines Vermieters sein. Die ist vermutlich gerade vom Einkaufen zurück gekommen. Schnell zieht er sich eine Jogginghose und ein frisches Unterhemd an und sucht seine Schmutzwäsche zusammen. Die kleine Schlampe soll seine Wäsche machen. Ihr Freund verdient schließlich genug an ihm.

41.

Da er sich sowieso nicht um die wichtigen Dinge kümmern darf, kann er genau so gut Überstunden abfei-
ern. Davon hat er schließlich reichlich. Van Damm hat
sofort zugestimmt. Und jetzt hat er bis einschließlich
Aschermittwoch überstundenfrei. Nach einem aus-
führlichen Telefonat mit Harald Keller haben beide
beschlossen, sich zeitnah 'zufällig' an der Grillhütte an
den 'Drei Erken' zu treffen. So hat er schnell sein Auto
nach Hause gefahren und ist dann zum Treffpunkt ge-
joggt. Vorbeifahrende Kollegen oder gar Hans van
Damm persönlich sollten nicht unbedingt sein Auto in
Nähe der Grillhütte sehen.

Bank und Rückwand der Hütte sind mit einer Kreide-
zeichnung versehen, die über die letzte Sitzposition
Malgorzartas Auskunft gibt. Das Flatterband, das den
Tatort ursprünglich vor neugierigen Menschen schüt-
zen sollte, ist längst von irgendwem durchtrennt worden. Weit und breit ist niemand zu sehen. Bei dieser
nasskalten Witterung rechnet er aber auch nicht damit, jemanden hier anzutreffen. Er streift sich Ein-
weg-Handschuhe, bindet sich Knieschoner um und
rutscht Zentimeter für Zentimeter den Boden unter
der Bank ab. Nichts! Da haben die Kollegen aus Düren
mal gute Arbeit geleistet.

„Zentimeter für Zentimeter, wie ich es dir damals
beigebracht habe", steht Harald Keller schmunzelnd
hinter ihm.

„Do wohrs och ene joode Liermeeste."

„Das wollte ich hören", kniet Harald sich neben ihn,
nachdem er ein kleines Polster auf den Boden gelegt

und sich Handschuhe übergestreift hat.

„Do bess ene eschte Kierl, hät meng Mam jesaht."

„Ich mag dein Mutter und hoffe, sie hat sich wieder ein bisschen erholt, speziell von van Damms Radioeinlage."

„Se luurt Rosamunde Pilcher ob DVD on jlisch kütt Elvira."

„Wie schön für euch beide, dass es Elvira gibt", steht Harald ächzend auf und klemmt sich das Polster unter den Arm. „Ich nehme mir jetzt mal die Bank an der rechten Wand vor."

Schon beim Hinknien bemerkt er etwas Kleines, hell und rund, das sich bei näherem Hinsehen als Perlenohrstecker erweist. Ein kleiner Stecker, vermutlich aus Silber, auf dem eine kleine weiße Perle sitzt. Ein Ohrstecker, wie ihn früher seine Mutter zu besonderen Anlässen trug.

„Datt kann ävve net von däm Maljorzata senn", kniet Hape sich neben ihn. „Datt hott eme Tinnef en XXL."

„Entweder waren die Dürener doch nicht so gründlich, oder es war danach noch einmal jemand hier."

„Do saach isch nühs zo", lacht Hape.

„Was ist nur aus mir geworden", ist Harald jetzt ein bisschen zerknirscht und steckt den Ohrstecker ein. „Ich lasse tatsächlich Beweismaterial verschwinden … aber hilft ja alles nichts, der Fall will aufgeklärt werden. Ich werde gleich mal deine Mutter fragen, ob der Ohrstecker nicht doch von Malgorzata sein kann."

„Datt kann isch doch och maache."

„Nein, du bist vom Fall suspendiert und kannst nicht noch mehr Ärger gebrauchen. Und ich bin ja schon seit langem kein Polizist mehr."

42.

Eine Nachricht ist angekommen. Das teilt ihr der Computer mittels Signalton mit.

'Wie geht es dir?', schreibt RenRew. *'Hast du Zeit, dich ein bisschen mit mir zu unterhalten. Virtuell? Natürlich würde ich gerne mit dir Auge in Auge sprechen, aber ich habe verstanden, dass du dazu zur Zeit keine Lust hast.'*

Ruth schlürft etwas von ihrer zu voll geratenen Kaffeetasse ab und flucht leise, weil der Schluck zu viel und viel zu heiß ist.

'Ja, ich hab' ein bisschen Zeit', tippt Ruth und schiebt sich den Schreibtischstuhl zurecht. Für den Abend hat sie sich mit Harald verabredet. Sie wollen sich gegenseitig auf Stand bringen und dabei Haralds Käse, der jetzt wirklich genug Zeit zum Atmen und Reifen gehabt hat, und ein frisches Baguette genießen. Leichte Gewissensbisse hat sie schon, weil sie mit RenRew chattet. Aber warum? Es ist nur ein Chat. Und das ist das Allerwichtigste: Sie ist niemandem Rechenschaft schuldig, auch nicht Harald.

Georg Nießen hat sie eben im Treppenhaus abgefangen und wieder auf die Wohnung angesprochen. Sie hat sich bis einschließlich Aschermittwoch Bedenkzeit erbeten.

'Ich bin sonst nichts so gefühlsduselig. Erkenne mich selbst nicht wieder. Schön, dass du mir zuhörst. Bin in alten Familiengeschichten verfangen', schreibt RenRew. *'Meine Mutter ist früh gestorben und meinem Vater bin ich nur lästig gewesen.'*

'Wer hat sich denn um dich gekümmert?', schreibt Ruth.

'Eine angeheiratete Tante. Die hat mich aber immer nur genervt. Und plötzlich stelle ich fest, dass sie echt in Ordnung ist.'

Tante! Ein gutes Stichwort! Sie sollte sich mal ein paar Notizen zu der in ihrer Kindheit omnipräsenten Großtante Hermine machen, bevor sie nach Karneval zum Psychotherapeuten geht.

'Hallo RenRew, hab gerade bemerkt, dass ich noch dringend ein paar Dinge erledigen muss. Bin auch gefangen in alten Geschichten. Ich wünsche dir einen schönen Tag und melde mich morgen wieder.'

In Stichworten hält sie die Erinnerung an Tante Hermines Ohrenkontrolle und andere Schikanen fest. Da fällt ihr einiges ein.

Vor zwei Stunden hat sie Agnieszka nach Hause gefahren und sich mit ihr noch eine Weile im Auto unterhalten. Eine nette, warmherzige Frau. Der würde sie sofort Marianne anvertrauen. Aber das steht ja gar nicht zur Debatte. Agnieszka ist sehr zufrieden bei Hiltrud Virnich. Und Ruth möchte auch keineswegs einer gehandykapten liebenswerten älteren Dame die Unterstützung ausspannen. Lena ist auch nett und bestimmt sehr zuverlässig, aber eben nicht so offen und herzlich wie Agnieszka. Und Lena möchte am liebsten weiterhin in einem offiziellen Arbeitsverhältnis stehen. Aber will sie das auch? Darüber muss sie noch einmal nachdenken. Aber vielleicht würde das ja bei der Familie Uerlichs passen. Hape und seine Mutter stehen jetzt unter Beobachtung und können sich keine inoffizielle Hilfskraft mehr ins Haus holen. Da wird sie gleich noch einmal mit Elvira Klein telefonieren und nachfragen, was die von der Idee hält.

43.

„Ach Sie sind es wieder, lieber Herr Keller", öffnet Annemarie Uerlichs die Haustür. „Hape ist leider noch nicht da."

„Das weiß ich. Ich möchte auch zu Ihnen."

„Schon wieder", lacht Annemarie Uerlichs. „Wenn ich 20 oder 30 Jahre jünger wäre, würde ich mir etwas darauf einbilden."

„Schön, Sie wieder lachen zu sehen", freut sich Harald und kommt gerne der Einladung nach, ihr in die Küche zu folgen.

„Mögen Sie für uns einen Kaffee aufschütten? Sie kennen sich ja mittlerweile in meiner Küche aus."

„Gerne. Haben Sie eine Kaffeemaschine?"

„Nein. Die Dinger mag ich nicht. Ich nehme noch immer einen Handfilter und Filtertüten."

„Liebe Frau Uerlichs", bedient Harald den Wasserkocher. „Das macht Sie mir noch sympathischer. Genau so handhabe ich das auch. Ich mahle den Kaffee sogar noch selbst."

„Das sollte ich auch noch einmal probieren. Eine Kaffeemühle habe ich noch. Und wenn Hape und Elvira das nächste mal nach Düren fahren, dann sollen sie mir frisch geröstete Bohnen vom Schmitz mitbringen."

Während das Wasser durch den Filter läuft, zieht Harald ein Herrentaschentuch aus der Jackentasche, in das der kleine Perlenohrstecker gewickelt ist.

„Kennen Sie den? Hat Malgorzata vielleicht einen solchen getragen?"

„Nein, Malgorzatas Schmuck war sehr auffällig und … ähh … eher preiswert."

„Ihr Sohn hat von Tinnef in extra groß gesprochen."

„So kenne ich meinen Sohn. Aber diesen Stecker habe ich trotzdem schon mal irgendwo gesehen, das weiß ich ziemlich sicher. Da habe ich mich nämlich sehr gewundert, dass heute noch jemand so etwas trägt. Solche Stecker habe ich zu meiner Hochzeit getragen. Vor fast 60 Jahren. Ich sage Ihnen sofort Bescheid, wenn mir wieder einfällt, wo ich dieses Schmuckstück gesehen habe."

44.

'Ja wenn datt Trömmelche jeht …' dröhnt es aus den kleinen an den PC angeschlossenen Lautsprechern. Es ist Donnerstagnachmittag und Ruth sitzt, einer alten Gewohnheit folgend, vor ihrem Computer und hört 'Eifel live'. Normalerweise bedeutet Donnerstagnachmittag für sie, sich bereit zu machen für 'Helga hilft' und sich als Kummerkasten-Tante des Eifelsenders mit den Sorgen und Nöten der Zuhörer zu beschäftigen. Aber heute wird es keine Live-Schalte zu 'Helga' geben. Heute ist Weiberfastnacht und die Hörer wollen lieber schunkeln als Probleme wälzen.

Mit der vermeintlichen Suche nach einer Polin für ihre Schwester hat sie gestern ganz schön Staub beziehungsweise Emotionen aufgewirbelt. Das hat schließlich dazu geführt, dass Lena, voller Hoffnung auf eine neue Stelle, ihrer unwirschen Chefin harsche Widerworte gegeben und damit auf der Stelle entlassen worden ist. Anschließende Telefonate zwischen der Agentur und Johanna Schöllers Tochter haben schließlich dazu geführt, dass Lena eine Galgenfrist bis einschließlich Aschermittwoch eingeräumt worden ist. Davon will Lena aber nicht in vollem Maße Gebrauch machen und mit der Agentur möchte sie auch nicht mehr zusammenarbeiten. Lena hat schließlich Ruth angerufen, wegen einer eventuellen Stelle bei ihr. Und Ruth wiederum hat sich mit Elvira kurzgeschlossen, die wiederum mit Hape und Annemarie konferiert hat, mit dem Ergebnis, dass Lena am Freitag – ganz offiziell und mit Arbeitsvertrag, aber ohne Agentur – bei Annemarie Uerlichs als Pflegekraft anfängt.

'Echte Fründe, stohn zusamme ...' dröhnt es jetzt aus den kleinen Lautsprechern. Es ist noch immer Donnerstagnachmittag. Und weil Weiberfastnacht ist, hat sie eine kleine Flasche Sekt geöffnet. Sie ist bester Laune, die Dinge haben sich zu ihrer Zufriedenheit entwickelt. Zumindest was die Polinnen-Geschichte betrifft, könnte es gar nicht besser laufen. Frau Uerlichs hat eine neue Hilfskraft, Lena hat eine neue Stelle und sie selbst kann jetzt gute Kontakte in die Szene vorweisen und somit dort ungestört Erkundigungen einholen.

'Ich hab' da noch etwas auf dem Herzen', schreibt RenRew, *'normalerweise bin ich aber nicht so ein Jammer-Heini.'*

'Ich mag Männer, die auch über ihre Sorgen und

Empfindungen sprechen können', schreibt sie zurück, nippt am Sekt und schimpft sich selbst eine Idiotin. Was hat sie davon, wenn RenRew sich ihr gegenüber öffnet? Einen näheren Kontakt möchte sie nicht haben und schlimmstenfalls verletzt sie ihn, wenn sie sich später zurückzieht.

'Mach' jetzt mit den Jungs nen Zug durch die Gemeinde. Muss auf andere Gedanken kommen. Bis morgen!', verabschiedet sich RenReW.

Gut so! Da sie das Piccolöchen noch nicht einmal zur Hälfte geleert hat, beschließt sie, sich ins Auto zu setzten und Marianne zu besuchen. Bestimmt haben sich einige der Heimbewohner verkleidet und das könnte ihre Schwester erschrecken. Sie will ihr Geschichten von früher erzählen. Von den Karnevalskostümen, die sie als Kinder trugen. Johannes als Cowboy, Marianne als Indianerin und sie selbst als Holländerin. An Weiberfastnacht hatten sie immer 'gerommelt', sind also von Haus zu Haus gezogen und haben ein Karnevalslied gesungen. 'Joot Möhn, ahl Möhn, joht ens en de Kamme on söökt üch jett zesamme ...'

Die meisten Karnevalskostüme hatte ihre Mutter selbst genäht. Und sie kann sich noch gut daran erinnern, wie aus einem alten Bettlaken Mariannes Indianerkostüm entstand. Zunächst war das Tuch geviertelt worden. Eine Ecke war ausgeschnitten worden und hatte so eine Öffnung für den Kopf entstehen lassen. Und entgegengesetzt waren vier Stücke gefallen, sodass die Mutter Ärmel und Seitennähte in einem Stück nähen konnte. In diese Naht wurden bunte Fransen aus Filz eingefasst. Ja, darüber möchte sie gleich mit Marianne sprechen und ihr hoffentlich eine Freude machen.

45.

In 'Matthes Brauhaus' herrscht eine ausgelassene Stimmung. Die meisten der Gäste sind - zumindest in Ansätzen – verkleidet. Hütchen, Clowns-Nase und Perücke sind häufig zu finden. Aber auch komplette Verkleidungen als Hexe, Troll, Scheich und Bär. Nicht mehr ganz nüchtern haben sich Werner Breuer, Hans van Damm und drei weitere Mittfünfziger aus der 'Frühschoppentruppe' an der Theke niedergelassen. Alle tragen schwarze Fantasie-Uniformen, die der des amerikanischen Cops nachempfunden sind. Van Damm hat sich zusätzlich ein paar Sheriff-Sterne an die Brust geheftet. Werner Breuer hat gerade ein 'Herrengedeck' geordert und klopft van Damm auf die Schulter.

„Die nächste Runde geht aber endgültig auf dich, du alter Schmarotzer."

Van Damm will schon aufbrausen, als Jürgen Haupt ihn wieder auf den Barhocker drückt:

„Nee, bleib' sitzen Hans! Werner hat Recht. Du bist tatsächlich auch mal dran."

Der Scheich am anderen Ende der Theke baggert ein Playboy-Häschen an. Der Blick aus seinen dunklen Augen hat sich tief in Bunnys Dekolleté verfangen.

„Hans, Hans", stößt Werner Breuer seinen Kumpel an. „Da, der Scheich. Den hab' ich in der Nähe der Grillhütte gesehen."

„Ja und?"

„Hans! Am Tag, als die Frau ermordet wurde."

„Soll ich jetzt ne Fahndung nach nem Scheich einlei-
ten? Hee, ich hab frei! Prost Jungs", erhebt er sein
Glas. Die anderen tun es ihm gleich. Sogar Werner
Breuer. Der behält aber weiterhin den Scheich im
Auge und ist damit nicht alleine.

46.

Auch im 'Nachtigall' in Düren geht es hoch her. Über
die Karnevalstage ist das Etablissement zum 'Moulin
Rouge' umgemodelt worden. Oder besser gesagt zu
dem, was man sich darunter vorstellen möchte. Ein
paar alte Filmplakate, Öllampen und viel roter Plüsch
gehören dazu. Lotti hat gerade ihren Stammfreier
Karl bedient. Während dieser noch erschöpft, aber
tiefenentspannt, auf dem Bett liegt, quetscht sie ihr
Bäuchlein wieder in das rote Mieder. Auch die Klei-
dung ist dem Motto 'Moulin Rouge' angepasst. Da
steht noch immer die Geschichte mit Karl und Üdingen im Raum. Und genau in die muss sie jetzt einstei-
gen. Sie möchte schließlich Hape und Annemarie helfen.

„Du, Karl", setzt sie an. „Du hast doch da mal was erzählt von einer Lady in Üdingen."

„Eifersüchtig?", lacht Karl und wischt mit einem
Zewa über sein bestes Stück.

„Vielleicht ein kleines bisschen. Sag' mal hat die eigentlich die gleiche Haarfarbe wie ich?"

„Ja. Aber die hat oft einen ziemlichen Ansatz."

„Oh, du bist also schon öfter bei ihr gewesen?"

„Warum willst das so genau wissen?", ist Karl jetzt sichtlich irritiert.

Lotti nimmt ihm das Zewa aus der Hand und legt sich bäuchlings neben ihn. Mit ihrer rechten Hand fährt sie durch sein schütteres Haar und sieht ihn treuherzig an.

„Das kann ich dir leider nicht sagen. Aber es geht um einen lieben Menschen, der in einer blöden Lage ist. Bitte vertrau' mir da einfach."

„Okay, Lotti. Ich vertraue dir. Und du weißt, dass ich dir sowieso keinen Wunsch abschlagen kann. Was willst du also wissen?"

„Wo hast du diese Frau denn zum ersten Mal gesehen?"

Während er sich hinsetzt und die mit 'Hausmarke' beschriftete Flasche öffnet, erzählt Karl in kurzen Zügen, wie ihn vor gut einem Jahr ein Zuhälter in einer Kneipe angesprochen und eine gewisse 'Margo' angepriesen habe. Diese Margo habe ihn dann mehrmals in seinem Auto bedient. Auffällig sei gewesen, dass sie zwischendurch immer für ein paar Monate abgetaucht wäre. Irgendwann habe sie zu ihm gesagt, er könne sie auch mal nachts zuhause besuchen kommen. Das dürfe er allerdings diesem Rafal niemals erzählen.

„Und so bin ich nach Üdingen gekommen", schließt Karl seine Erzählung ab und befüllt zwei Gläser mit Sekt.

In Lottis Kopf rattert es. 'Margo' das passt. Sie kann es kaum erwarten, Hape von dieser Geschichte zu erzählen. Hoffentlich hilft ihm das weiter.

47.

'Wo bin ich?', ist die erste Frage, die ihm beim Aufwachen durch den Kopf geistert. 'Was bin ich doch nur für ein Arschloch', ist ein darauf folgender - für ihn ungewohnt selbstkritischer - Gedanke. Er weiß noch immer nicht, ob er für Malgorzatas Tod verantwortlich ist. In 20 Stunden muss er, möglichst nüchtern, mit einem Kleinbus voller Frauen nach Polen fahren und dort bei Urszula und Ewa für gute Stimmung sorgen. Und die Anhängliche hat er schon mehrfach abgewimmelt, die kapiert es einfach nicht. Sein Schädel dröhnt schon wieder. Neben ihm liegt das Playboy-Häschen und schnarcht. Nackt. Daneben liegt das Kostüm. Daneben das Dekolleté. Die Traum-Möpse sind natürlich nur Attrappe gewesen. Geschieht ihm recht.

Da er es am Mittwoch nicht mehr nach Kreuzau geschafft hat, wollte er wenigstens am Donnerstag mit Agnieszka reden. Nachdem die nicht ans Telefon gegangen ist, wollte er sie in den Kreuzauer Kneipen suchen. Ursprünglich wollte sie ja mit Malgorzata auf Tour gehen. Vermutlich ist sie jetzt alleine unterwegs gewesen. In Mattes' Brauhaus hat er mit der Suche angefangen. Und dann hat das Häschen vor ihm gestanden ...

48.

Tick, tack, tick, tack, tick, tack. Nach jeder Minute setzt eine kleine Pause ein. Kaum wahrnehmbar.

Nach der ersten Viertelstunde gibt es einen Schlag. Nach der zweiten Viertelstunde gibt es zwei Schläge. Ähnlich wie bei den Kirchenglocken. Eben hat es zwei Schläge gegeben. Aber er weiß auch so, dass es jetzt 9.30 Uhr ist und die Nachbarin der Uerlichs' jeden Augenblick an der Tür klingeln wird. Er ist ein bisschen nervös. Es ist nicht die erste Prostituierte, mit der sprechen wird. Die erste Prostituierte, mit der beruflich zu tun hatte, war Anneliese Schumacher gewesen, heute Lieselu Meyer, die sich im Job den Namen Lou gegeben hatte. Da war er noch ganz jung gewesen, neu bei der Sitte und ein kleines bisschen hatte er sich in Lou verliebt. Das ist jetzt knapp 50 Jahre her. Danach hat er immer mal wieder mit einer Prostituierten zu tun gehabt, aber dann auf der Dienststelle. Und nicht in einem privaten Raum.

Jetzt sitzt er, zum dritten Mal, innerhalb weniger Tage, in der gemütlichen Küche von Annemarie Uerlichs und wartet zusammen mit Hape auf Lotti Birkenbach. Die hat wohl einiges zum Thema Malgorzata Skulski zu erzählen und Hape hat ihn kurzerhand dazu gebeten. Vor ihm steht ein Becher mit Kaffee und Annemarie Uerlichs hat eine kleine Schüssel mit Keksen und Schokolade befüllt.

„Ich lass' euch gleich alleine", sagt sie, als sie sich im Rollstuhl zur Türe schiebt, um diese zu öffnen.

Aus dem Flur ist herzliches Geplänkel zu vernehmen. Und dann steht Lotti in der Tür. Im pinkfarbenen Frottee-Hausanzug, strubbeligen weißbloden Haaren, verschlafenen Augen und einem verlegenen Lächeln.

„Ich bin Lotti", streckt sie Harald die Hand entgegen und wirft Hape einen vorwurfsvollen Blick zu: „Ich wusste ja nicht, dass du Besuch hast. Sonst hätte ich mich ordentlich angezogen."

„Harald", stellt selbiger sich vor, drückt dabei fest ihre Hand und fühlt sich mit einem Mal nicht mehr so unsicher. „Ich bin ein pensionierter Kollege von Hape und möchte ihm gerne bei dieser schrecklichen Geschichte helfen."

Während sie sich immer mal wieder ein Stück Schokolade in den Mund stopft, erzählt Lotti von Karl und dessen Ausführungen zur Blondine mit Ansatz aus Üdingen.

„Datt mööt ose Maljorzata jewäse senn", vermutet Hape und hält Harald die Schüssel mit den Keksen hin, in der sich noch ein einziges Schoko-Täfelchen befindet. Harald liebäugelt mit der Schokolade, beschließt aber dann, sich doch einen Keks zu nehmen, und die Mini-Schoki Lotti zu überlassen.

„Das ist aber lieb von dir", kichert Lotti, alldieweil sie sich genüsslich die Schokolade in den Mund schiebt. Dann erzählt sie von 'Margos' Zuhälter Rafal, den Karl als 'groß, mit schwarzen gekrausten Haaren und ganz dunklen Augen' beschrieben hat.

„Ganz dunkle Augen und schwarze krause Haare?", wird Harald hellhörig. „So hat eine Bekannte den Mann beschrieben, den sie am Tatnachmittag aus der Grillhütte hat kommen sehen. Zwei Tage später hat sie noch einmal eine große Gestalt an der Hütte gesehen, die allerdings Sonnenbrille und Hut getragen hat."

„Datt könnt der Rafal gewäse senn, ävve wie kütt mer an denne raan?", überlegt Hape.

„Da gab es doch immer diese Polinnen-Kaffeerunde

bei Büschels. Frag' doch mal deine Elvira."

„Broch isch nett", antwortet Hape und erzählt den beiden, dass im Laufe des Nachmittages Lena Kaminski zu ihnen kommt, um ganz offiziell eine Stelle als Pflegekraft anzutreten. „On datt Lena hätt datt Maljorzata jekannt on kennt och datt Agnieszka. Bestemp hätt dat och ens jett van enem Rafal jehurt."

49.

Ihre Koffer sind gepackt. Sie will nur noch weg hier. In fünf bis sechs Stunden wird der Kleinbus vor der Türe stehen. So froh sie dann auch sein wird, in das Fahrzeug einzusteigen ... der Gedanke an den Fahrer bereitet ihr großes Unbehagen. Und sie hofft, dass sie nicht die erste sein wird, die er abholt. Hiltrud bemerkt ihre Nervosität und bezieht das leider auf sich. Ob sie sich noch bei ihr wohlfühle, so generell, hat sie eben wissen wollen. Und ob sie in sechs Wochen wiederkäme? Sie hat versucht, Hiltrud zu beruhigen. Natürlich würde sie gerne wiederkommen, aber nicht mit diesem Fahrer. Letzteres hat sie natürlich nur gedacht und nicht zu ihrer Chefin gesagt. Sie hat Angst vor ihm. Richtiggehend panische Angst. Gestern hat er mehrfach versucht, sie anzurufen. Sie hat alle Anrufe ignoriert und vorsichtshalber das Haus nicht verlassen. Was will er von ihr? Ob sie die nächste auf seiner Liste ist? Warum? Weil er Margies Mörder ist?

„Agnieszka", ruft Hiltrud aus dem Wohnzimmer. „Du hast alles so gut für Jolantha vorbereitet. Mach' doch noch eine Pause. Geh' ruhig irgendwo einen Kaffee trinken. Oder lad' dir eine Freundin ein."

„Lieben Dank, ist aber nicht nötig", beeilt sie sich zu antworten und geht mit Klappaschenbecher auf die Terrasse. Vielleicht braucht sie auch nur einen Zeugen, wenn sie heute Abend zu ihm in das Auto steigt. Wenn er weiß, dass es einen Zeugen gibt, wird er sie vermutlich nicht umbringen. Aber wen soll sie als Zeugen nehmen? Die psychisch labile Hiltrud will sie mit der Geschichte auf keinen Fall belasten. Sie nimmt einen tiefen Zug ihrer Zigarette und denkt nach.

Und wenn sie diese Ruth Pitscher fragt? Der hat sie zuletzt ansatzweise von ihren Sorgen erzählt, als diese sie nach Hause gefahren hat. Wenn diese Frau Pitscher sie verabschiedet und winkt, sobald sie in Rafals Wagen steigt? Frau Pitscher hat Beziehungen in Kreuzau. Das wird auch Rafal wissen. Sie nimmt noch einen letzten tiefen Zug, bevor sie die Zigarette in dem kleinen Aschenbecher ausdrückt und die Tastatur ihres Handys bedient.

„Frau Pitscher? Agnieszka Fabian hier. Ich brauche ihre Hilfe."

50.

Noch jemand anderes in Kreuzau sitzt auf gepackten Koffern. Lena Kaminski. Sie kann es kaum erwarten, dieses ungastliche Haus zu verlassen. Für 16 Uhr hat sie ein Taxi bestellt. Das ist mit Annemarie Uerlichs abgesprochen. Sie wird heute noch nicht als Arbeitskraft erwartet. Weil abends in Üdingen der Geisterzug geht, möchte ihre neue Chefin, die sie Annemarie nennen darf, sicher sein, dass das Taxi noch vor ihrem Haus halten kann. Sie könne sich dann in Ruhe ihr Zimmer einrichten, oder sich den wirklich schönen Geisterzug ansehen.

Die gerahmten Fotos und Marienbilder hat sie in Seidenpapier gewickelt und in eine Hutschachtel gesteckt, die sie schon seit vielen Jahren auf Reisen begleitet. Darin stecken auch die kleine Schmuckschatulle ihrer Mutter, ein winziges Spitzendeckchen - aus feiner Seide von ihrer Großmutter gehäkelt - und ein Lederband mit einem Herz-Anhänger aus Rosenquarz. Ob sie das tragen soll? Nein, das hat er nicht verdient. Er sollte sich schon bei ihr entschuldigen. Er muss sich bei ihr entschuldigen. Sein Verhalten hat sie tief verletzt. Andererseits: Er ist ihr Seelenpartner. Niemand versteht sie so wie er. Sie wird ihm wohl verzeihen. Ja, sie wird ihm verzeihen. Schon bald.

Noch einmal geht sie alle Schubladen der muffigen Holzkommode durch. Nichts! Viele Sachen hat sie hier gar nicht erst ausgepackt. Von Anfang an hat sie sich hier nicht wohl gefühlt. Wie mag das wohl bei Annemarie werden? Annemarie ist ein schöner Name. Und sie hat so eine weiche Stimme. Sie freut sich auf ihre neue Stelle. Alles wird gut.

Im Wohnzimmer hört sie Johanna Schöller mit ihrer Tochter schimpfen. Die arme Frau, kein Wunder, dass die weit von ihrer Mutter weggezogen ist. Wieder einmal muss sie an ihre eigene Mutter denken. Heute ein bisschen versöhnlicher. Immerhin war ihre Mutter vor langer Zeit ein herzlicher und offener Mensch gewesen. Die junge Frau Schöller wird das wohl von ihrer Mutter nicht behaupten können.

Ihr Herz hüpft vor Freude, als sie hört, wie das Taxi in die Stichstraße einbiegt. Schnell öffnet sie die Tür und schiebt ihre Koffer nach draußen.

„Ich bin dann weg", ruft sie in Richtung Küche.

„Ich wünsche Ihnen alles Gute", antwortet die junge Frau Schöller. Johanna Schöller antwortet nicht. Gut so. Dieses Kapitel ist nun endgültig abgeschlossen.

51.

Seit ein paar Tagen führen ihn alle Spaziergänge und Radfahrten in Richtung 'Drei Erken'. Es muss doch irgendeinen Anhaltspunkt geben. Gut, da ist dieser Ohrstecker, von dem er noch immer nicht weiß, ob der wirklich für den Fall von Bedeutung ist. Welche Rolle spielt dieser Rafal? Ruth hat ihn eben angerufen und gesagt, dass sie am Abend Agnieszka Fabian verabschieden wird, die mit einem 'Rafal' nach Polen fährt. Vermutlich handelt es sich dabei um Malgorzatas Zuhälter. Aber es gibt keinerlei Beweise für eine eventuelle Schuld dieses Rafal Jakubiaks an Malgorzatas Tod. Kein Richter wird einen Haftbefehl gegen Jakubiak erlassen. Abgesehen davon, dass höchstens van Damm diesen beantragen könnte. Hape ist vom Fall abgezogen und sowieso in Urlaub und er selbst ist pensioniert. Soll er Ruth später begleiten zur Verabschiedung Agnieszkas? Wohl besser nicht. Agnieszka hat hier schwarz gearbeitet. Aber sie scheint Ruth zu vertrauen. Dieses Vertrauen könnte verspielt werden, wenn diese mit einem Polizisten auftaucht. Auch wenn es sich dabei nur um einen ehemaligen Polizisten handelt. Würde er den Dürenern einen Hinweis geben, kämen die bestimmt am Abend nach Kreuzau. Aber sie müssten Fragen stellen. Und das würde Agnieszka Fabian und ihre Chefin Hiltrud Virnich in Erklärungsnot bringen.

Schade, eigentlich hätte er gerne Ruth zum Geisterzug nach Üdingen und zum anschließenden Kartoffelsalat mit Bier bei der Familie Uerlichs eingeladen. Zumal er weiß, dass Ruth Hapes Verlobte Elvira Klein sehr mag. Überhaupt wäre es schön gewesen, noch einmal ein bisschen Zeit mit Ruth zu verbringen. Er hat das Gefühl, sie verpassen sich zur Zeit ständig.

Als er bereits die dritte Runde um die Hütte dreht, dabei mit einem ausklappbaren Spazierstock gefühlt jeden zweiten Stein umdrehend, klingelt sein Telefon. Als er die Nummer sieht, bricht ihm der Schweiß aus. Vorwahl +353. Das ist Irland … und das ist Steffi. Was hat das zu bedeuten, dass sein Mädchen sich schon nach drei Tagen meldet und keine Woche verstreichen lässt? Er wird es gleich erfahren. Aber er wird sich erst auf die Bank in der Grillhütte setzen. Ihm ist mit einem Schlag ganz schwindelig geworden.

52.

Zu gerne hätte sie Harald gefragt, ob er mit ihr zum Geisterzug nach Üdingen und anschließend zu den Uerlichs' kommen möchte. Die nette Elvira Klein hat sie eingeladen. Irgendwie ist im Moment der Wurm drin. Es kommt ihr vor, als wenn Harald und sie ein imaginäres Königskinder-Spiel machten, und dadurch nie das Wasser überschreiten könnten. Sie würde ihn gerne sehen. Sie vermisst seine sonore Stimme, seine besonnene Art. Er ist ein wichtiger Bestandteil ihres Lebens geworden.

Sie räumt die blau blühende Hyazinthe vom Couchtisch auf den Schreibtisch. Die Blume ist zwar wunderschön, aber der Duft ist ihr einfach zu intensiv. In zwei Stunden will sie zu Agnieszka gehen, sie ein bisschen beruhigen und dann verabschieden. Jetzt ploppt auf ihrem Computer eine Nachricht von RenRew auf. Auch wenn sie sich noch ein paar Tage Chat bis zum Therapeuten-Termin erlaubt hat, möchte sie es eigentlich jetzt schon lassen. Sie will aber auch RenRew nicht vor den Kopf stoßen. Und ihr Plan ist, die folgenden Chats dermaßen banal zu gestalten, dass er von selbst die Lust daran verliert.

'Ich weiß gerade nicht, was ich machen soll. Stecke in einer Zwickmühle. Brauche ein offenes Ohr. Hast du Zeit?', fragt er an.

'Bisschen schon, hab aber in einer halben Stunde einen wichtigen Termin', flunkert sie.

'Okay. Dann komm ich gleich zur Sache. Hab' zuletzt eine Leiche gefunden. In einer Grillhütte bei uns im Ort.'

'Leiche, Grillhütte, RenRew' rattert es in Ruths Kopf. Warum ist sie nicht gleich darauf gekommen? Dabei liegt die Sache eigentlich auf der Hand. Das weiß sie doch von ihren 'Helga-hilft'-Gesprächen. Der Name, den die Anrufer sich geben, hat meistens einen Bezug zu ihrem richtigen Namen. RenRew umgedreht heißt

Werner. Und ihr Chat-Partner ist Werner Breuer, Neffe von Gretchen Breuer und Kumpel von Hans van Damm. Und der hat die Leiche in der Grillhütte gefunden, das weiß sie von Harald. Jetzt bloß den Chat nicht abklingen lassen!

'Oh, RenRew, das tut mir leid. Hört sich ja nach einem ganz schlimmen Erlebnis an. Möchtest du mehr los werden? Bin da und höre zu.'

Und Werner Breuer tippt sich in Stichworten das Ereignis von der Seele. Sie ermuntert ihn immer wieder weiterzuschreiben und fühlt sich ziemlich schäbig dabei. Von dem wächsernen Gesicht schreibt er, und auch, dass seine Tante noch immer unter dem Tod seines Onkels und dem Anblick der wächsernen Leiche zu leiden habe. Und Ruth verzeiht in Gedanken Gretchen Breuer alle blöden Bemerkungen und empfindet so etwas wie Zuneigung für die alte Dame.

'Und jetzt hab ich wahrscheinlich den Mörder gesehen. Als Scheich verkleidet. Aber die dunklen Augen und die dunklen krausen Haare hab ich wiedererkannt. Der Typ war auf jeden Fall in der Nähe der Hütte. Weiß nicht, was ich machen soll.'

'Polizei einschalten?', tippt Ruth. Immerhin könnte dieser Verdacht Hape Uerlichs aus dem Focus der Polizei verschwinden lassen.

'Nee. Hab sogar nen Kumpel bei der Polizei, aber der war nicht interessiert.'

'Vielleicht kannst du dich ja an die übergeordnete Dienststelle wenden?', schreibt Ruth und hofft inständig, dass die Dürener mit mehr Elan an die Geschichte herangehen.

'Danke dir für deine Zeit, den Tipp und fürs Zuhören',

schreibt Werner Breuer.

'Gerne. Dir noch einen schönen Abend' beendet Ruth den Chat.

53.

Diese Enttäuschung! Diese Enttäuschungen und Zurückweisungen! Zum wiederholten Mal. Warum tut es so weh? Die Fingernägel sind heruntergekaut. Die Unterarme sind geritzt. Immer wieder ... mit einem alten Zirkel. Es schmerzt. Aber der Schmerz reicht nicht aus, um den inneren Schmerz zu übertünchen.

54.

Ein grell aufleuchtendes Licht lässt ihn aus seinen Gedanken hochschrecken. Jetzt ist er auch noch geblitzt worden. Das wird Ärger mit Pavel geben. Und er hat die blöde Kuh noch immer nicht erreicht. In zwei Stunden muss er sie abholen, dann hat er aber schon zwei Frauen im Auto sitzen. Pavel hat die Route ausgearbeitet und an die Fahrgäste geschickt. Die kann er nicht mal so eben umändern. Vor allem jetzt nicht. Er will mehr Touren fahren und muss Pavel das Knöllchen erklären. Und dann seine verzwickten Weibergeschichten. Das tittenlose Playboy-Häschen hat ihn schon angerufen, die Anhängliche auch und jetzt jammert ihm Urszula die Ohren voll, wegen der Zahnspange für Ewa.

„Pieprzyć to wszystko! Dostanę pieniądze!", schreit er

in die Freisprechanlage. „Ich werde das verdammte Geld besorgen. Aber jetzt lass mich in Ruhe meinen Job machen."

Noch eine Blitze. Boah, das gibt Ärger. Und da steht auch noch ein Polizist mit einer Kelle. Ein Gedanke schießt ihm plötzlich durch den Kopf. Was ist, wenn die ihn wegen einer anderen Geschichte anhalten wollen? Was ist, wenn er bei Malgorzata Spuren hinterlassen hat? Nichts wie weg hier. Das sind einfach viel zu viele Baustellen. Einfach nur noch weg. Das Scheich-Kostüm von gestern liegt noch im Auto. Das wird er gleich anziehen und den Wagen schnellstmöglich irgendwo verschwinden lassen.

55.

Als sie das gerahmte Foto ihrer Mutter auf die Weichholzkommode stellt, ist sie ein bisschen traurig. Da sind so viele widersrüchliche Gefühle in ihr. Aber als sie sich auf das Bett fallen lässt, mit frisch duftendem Frottee-Bettzeug in ansprechenden Blautönen bezogen, überwiegt die Freude.

Das ist jetzt ihr Zimmer. Und hier hat sie einen unbefristeten Arbeitsvertrag. Den hat sie eben erst unterschrieben. Dazu hat Annemarie Uerlichs ihr ein Gläschen Eierlikör und selbstgebackene Mutzen serviert. Sie solle sich ganz wie zuhause fühlen, hat sie gesagt. Und ihr Zimmer könne sie so umgestalten, wie sie das möchte. Aber sie möchte gar nichts verändern. So ein schönes Zimmer hat sie noch nie gehabt. So hell und so geräumig. Mit Zugang zu einem eigenen Bad. Das

Zimmer in ihrem Elternhaus … damals … vor dem Unfall, hatte sie sich ganz nett zurecht gemacht. Aber es
war nicht so schön wie dieses Zimmer gewesen.

„Oj Mamo", blickt sie das Bild auf dem Nachttisch an.
„Ich hoffe, du kannst mir eines Tages verzeihen."

Annemarie hat ihr angeboten, später mit ihr und den
anderen auf die Straße zu gehen und sich das Geister-
zug-Spektakel anzusehen. Das wird sie gerne anneh-
men und im Anschluss mit Annemaries Familie Kartoffelsalat essen. Sie hat es hier gut angetroffen.
Morgen ist ihr erster Arbeitstag und nach langer Zeit
freut sie sich endlich noch einmal auf die Arbeit.

Ihr Smartphone kündigt ihr durch Vibrieren den Eingang einer Nachricht an. Er will sie sehen. Dringend.
Bestimmt wird er sich entschuldigen wollen. Ganz bestimmt. Und dann wird sie ihm verzeihen. Um ihm die
Entschuldigung leichter zu machen, entscheidet sie
sich, das Rosenquarz-Herz zu tragen.

56.

Seine Gedanken kreisen um das eben beendete Telefonat mit seiner Tochter, während er sein Fahrrad
durch Kreuzau schiebt. Ganz von selbst scheint es den
Weg Richtung Bahnhofstraße eingeschlagen zu haben. Vielleicht kann er Ruth doch zur Verabschiedung
Agnieszkas begleiten und sich dezent im Hintergrund
halten?

Er freut sich sehr, dass Steffi sich entschieden hat,
ihre Affäre mit diesem Musiker zu beenden und bei
ihrer Familie zu bleiben. Sein Mädchen hat die Ent-

scheidung sofort in die Tat umgesetzt und diesem Ian den Laufpass gegeben. Was für eine Erleichterung.

Connor wird sich auch freuen. Er will den Jungen später anrufen. Seine Freude möchte er aber auch gerne mit jemandem hier in Deutschland teilen, am liebsten mit Ruth. Ihr Wohnzimmerfenster ist erleuchtet. Sie scheint zuhause zu sein. Sein Herz macht einen kleinen Sprung vor Freude.

„Das ist aber eine schöne Überraschung", öffnet Ruth ihm die Tür. „Magst du vielleicht gleich mitkommen zu Agnieszka und dich ein bisschen im Hintergrund halten?"

„Da hab' ich auch schon dran gedacht. Später bin ich zum Geisterzug nach Winden und zu Kartoffelsalat und Bier bei den Uerlichs eingeladen. Magst du mitkommen?"

„Sehr sehr gerne", antwortet Ruth. „Das wollte ich dich auch fragen. Mich hat nämlich Elvira Klein eingeladen."

Mit einer Handbewegung bietet sie ihm den Platz neben sich auf dem Sofa an. Dabei berühren sich zufällig ihre Hände. Er drückt kurz ihre Hand und errötet sogar ein bisschen.

„Schön, dass du hier bist", haucht Ruth ihm einen Kuss auf die Wange und rückt noch ein bisschen näher an ihn heran. Auf seiner Stirn bilden sich kleine Schweißperlen und sein Herz schlägt ein bisschen schneller. Ob sie das merkt?

Auf ihrem PC ploppt eine Nachricht auf, vom Sofa aus gut sichtbar. Ein gewisser RenRew schreibt:

'Vielleicht liest du das ja, wenn du später nach Hause kommst. Ich möchte mich nochmal bedanken, fürs

Zuhören und deine einfühlsame Art. Schön, dass es dich gibt.'

Jetzt kann er Schweißperlen auf ihrer Stirn erkennen und ohne darüber nachzudenken rückt er ein Stück von ihr weg.

„Es ist nicht so, wie du denkst", ringt sie um Worte. „Das ist Werner Breuer, und der hat vermutlich den Mörder von Malgorzata Skulski gesehen."

57.

Die ersten Geisterzug-Fans haben sich bereits in Üdingen eingefunden. Es ist sechs Uhr abends. In einer halben Stunde soll es losgehen. Die Straße nach Kreuzau ist bereits gesperrt. Ebenso ist die Dorfstraße Richtung Leversbach mit einer Barrikade versehen. Zwei Cops im Grundschulalter fachsimpeln über die Polizei und das FBI. Deren Eltern haben sich ein Hütchen und eine Pappnase aufgesetzt und versuchen jetzt, unter viel Gelächter, kleine Schnapsfläschchen zu leeren, ohne dabei mit der Pappnase anzustoßen.

Lilli und Lotti Birkenbach haben sich als Donald Trump verkleidet. Das heißt, sie tragen einen Herrenanzug, den sie ausgepolstert haben, mit Hemd und Krawatte und dazu eine Maske, die in Form und Farbe das Gesicht des ehemaligen amerikanischen Präsidenten wiedergibt. Einzig die doppelte Ausfertigung lässt die unmittelbaren Nachbarn die beiden Zwillingsschwestern hinter der Verkleidung vermuten. Die beiden haben die Dorfstraße, die zusehends von mehr Besuchern gesäumt wird, fest im Blick. Immer mal wieder sehen sie zum Haus der Famile Uerlichs herüber. Sie wissen, dass Annemarie, so es denn nicht in Strömen regnet, gerne live dabei ist.

Jetzt stehen ein Scheich und ein Mönch vor dem Uerlichschen Backsteinhaus und unterhalten sich. Der Mönch sieht sich um. Dabei trifft sein Blick den Lottis. Die erstarrt vor Schreck.

„Was ist los?", will Lilli wissen.

„Siehst du den Mönch?"

„Klar. Und?"

„Das ist Karl!"

„Dein Stammkunde?"

„Ja! Ich frag mich, was der hier will. Vor allem jetzt, wo Malgorzata tot ist."

Die Tür des Hauses gegenüber öffnet sich. Hape trägt Annemaries Rollstuhl über die Stufe, während Annemarie sich an Elvira festhält. Mit einer Hand. Mit der anderen Hand greift sie nach einer hageren Frau mit kurzen Haaren.

„Guck mal", zeigt Lilli zum Haus herüber. „Das muss die neue Pflegerin von Annemarie sein."

„Wo?", dreht Lotti ihren Kopf.

„Schon weg", wundert sich Lilli.

In der Tat, die hagere Frau in dem langen Mantel ist nicht mehr zu sehen.

58.

Sie sitzen zu viert in Hiltrud Virnichs Wohnzimmer. Die Stimmung ist gedrückt. Und das liegt nicht nur am

Warten. Ruth hat eine leise Ahnung, dass Hiltrud nicht in die Sorgen ihrer Helferin eingeweiht ist.

„Liebe Agnieszka, kannst du uns aus dem Keller eine Packung Vanilleeis holen? Und vielleicht ein Glas Schattenmorellen? Ich habe Heißhunger auf Eis mit heißen Kirschen."

Ruth vermutet dahinter einen Plan und soll Recht behalten. Kaum hat Agnieszka das Wohnzimmer verlassen, wendet sich Hiltrud Virnich auch schon an Harald Keller.

„Herr Kommissar, bitte sagen Sie mir, was hier los ist. Es geht nicht darum, die Neugierde einer alten Frau zu befriedigen. Ich vermute, dass Agnieszka in Gefahr ist und ich möchte wissen, wie ich sie beschützen kann."

„Liebe Frau Virnich", übernimmt Ruth. „Herr Keller ist lediglich als ein Freund hier. Wie sie wissen, ist er ja schon seit einigen Jahren im Ruhestand. Auch ich mache mir Sorgen um Agnieszka. Aber dazu möchte ich nichts sagen, wenn sie nicht dabei ist."

„Dann werde ich sie darauf ansprechen, wenn sie wieder oben ist", rückt Hiltrud sich ein Kissen unter ihren Beinen zurecht.

Ruth springt auf und hilft ihr. Harald nutzt die Gelegenheit, seinen Sessel ein bisschen weiter von dem Sessel wegzuschieben, in dem Ruth gerade gesessen hat. Das versetzt Ruth einen kleinen Stich. Und sie weiß, dass sie wohl mit ihm über die Werner-Breuer-Internet-Geschichte sprechen muss. Aber wie? Sie will sich nicht rechtfertigen. Und über ihre Abenteuer als Silberherz_17 möchte sie eigentlich nur mit ihrem Therapeuten sprechen, sofern der vertrauenswürdig

ist. Aber sie möchte Harald weder verlieren, noch be-
lügen. Sie wird ihm die Wahrheit erzählen müssen.
Zumindest einen kleinen Teil der Wahrheit. Sie weiß
nur noch nicht genau welchen.

Als sich die Küchentür öffnet, weht ihnen ein ganz
dezenter Hauch von Alkohol entgegen. Agnieszka hat
die heiße Kirschsoße mit Rum verfeinert. Jetzt trägt
sie ein Tablett mit vier weißen Porzellan-Schälchen,
vier Dessertlöffeln, der Eiscreme und einer Porzellan-
schale mit der Soße ins Wohnzimmer. Mit dem linken
Unterarm schiebt sie ihre dunklen Locken aus der
Stirn und blickt gleichermaßen besorgt und erwar-
tungsvoll in die Runde.

„Bitte setzen Sie sich, Agnieszka", nimmt Ruth ihr das
Tablett ab, weist auf den freien Sessel neben Harald
Keller und fängt an, das Eis auf die Schüsselchen zu
verteilen.

„Vielleicht sollte ich Ihnen meinen Begleiter nament-
lich vorstellen", fährt sie fort und schaut zunächst
Agnieszka und dann Harald an. „Das ist Harald Keller,
der ehemalige Leiter der Kreuzauer Polizei. Mittlerweile im Ruhestand und heute als Freund hier. Wir
beide machen uns Sorgen um Ihre Sicherheit, liebe
Agnieszka. Und die gute Frau Virnich sowieso."

Bei Agnieszka kullern ein paar Tränen der Erleichterung, schnell steht sie wieder auf und nimmt Hiltruds
Hand. Die bittet sie mittels Handzeichen, sich zu ihr
aufs Sofa zu setzen. Während Ruth nun über die einzelnen Portionen Vanilleeis Kirschsoße gießt, erzählt
Harald von seinem Verdacht, dass Rafal in den Mordfall Skulski verstrickt und mit hoher Wahrscheinlichkeit sogar der Mörder ist. Und während ihr die Scha-

mesröte ins Gesicht steigt, gibt Agnieszka bekannt, von Malgorzatas Nebenjob gewusst zu haben.

„Aber erst seit ein paar Tagen. Und ich weiß nicht, ob Rafal weiß, dass ich weiß …. Ich hab' Margie gebeten, mit diesem Job aufzuhören. Aber sie hat mich ausgelacht und gesagt, sie will nur noch auf eigene Rechnung arbeiten."

Während er genussvoll sein Eis mit einer Extra-Portion Soße löffelt, gibt Harald ein paar Infos aus dem Gespräch mit Lotti weiter, natürlich ohne Namen zu nennen.

„Willst du nicht doch die Dürener einschalten?", sieht Ruth ihn an.

„Das würde dann sowohl Frau Virnich als auch Frau Fabian in Schwierigkeiten bringen. Die Dürener müssten Fragen stellen, die auch die Schwarzarbeit 'aufdecken' würden. Ich habe die Nummer vom ehemaligen Kollegen Beißel gespeichert. Aber ich würde mir zuerst selbst gerne ein Bild von diesem Rafal Jakubik machen, bevor ich anrufe."

„Ja, warten wir, bis er hier ist", sagt Ruth. „Agnieszka können Sie vielleicht jemanden anrufen, der auch auf dieser Tour mitfahren soll."

Und so ruft Agnieszka bei Hala an, einer polnischen Kollegin, die in Niederzier im Einsatz ist und im gleichen Rhythmus wie sie in Deutschland arbeitet.

„In Niederzier ist er auch noch nicht gewesen. Da hätte er schon vor einer Stunde sein sollen."

59.

Nachdem Silberherz_17 gestern Abend nicht mehr erreichbar war, hat er die Gläser Bier getrunken, auf die er an Weiberfastnacht vermutlich verzichtet hat.

Hans und die Jungs sind ihm am Donnerstag nur noch auf den Geist gegangen und er hat sich ziemlich früh aus dem Staub gemacht. So hat er gestern, also an dem Tag, den er zum Rausch ausschlafen eingeplant hat, einiges geschafft, was vermutlich sonst über Wochen liegen geblieben wäre. Er hat sogar den Kleiderschrank ausgemistet. Und der spätere Chat mit Silberherz ist so schön entspannt gewesen. Wie mag sie wohl aussehen, diese Frau? Wahrscheinlich hat sie sein Alter, vielleicht ist sie sogar ein bisschen älter. Er würde sie sehr gerne einmal treffen. Irgendwann. Dass sie das zur Zeit nicht möchte, hat er begriffen. Er war zum Schluss in so einer entspannten Stimmung, er hätte gerne noch weiter mit ihr gechattet. Aber dann hat er auf You-Tube nach einem Whitesnake-Klassiker gesucht und ist schließlich von Hölzchen auf Stöckchen gekommen. Nach 'Close my eyes forever' von Lita Ford und Ozzy Osbourne und der fünften Flasche Bier ist er dann ins Bett gegangen.

Eben hat Tante Gretchen angerufen und ihn zum Mittagessen eingeladen. Selbst gekochte Linsensuppe mit Mettwürstchen. Darauf freut er sich und er möchte auch noch ein paar Dinge über seinen Onkel Erwin erfahren. Aber jetzt braucht er erst einmal ein bisschen frische Luft. Und 'Boss' braucht dringend Bewegung. Er zieht die dunkelgrüne Steppjacke an, die er gestern in den Tiefen seines Kleiderschrankes wiederentdeckt hat. Seine Vermutung, die Jacke irgendwann in einer Kneipe liegengelassen zu haben, ist damit hinfällig.

Heute ist die große Runde vorgesehen. Über Friedenau zum Richelnberg hoch, runter nach Winden, den Bogen schlagen Richtung Üdinger Brücke, dann die Rur entlang und schließlich über die zwei Brücken zu den 'Drei Erken'. Ein bisschen mulmig ist ihm schon zumute. Aber er hat mal gehört, dass man sich nach einem Reitunfall sofort wieder aufs Pferd setzen soll. Auf ihn gemünzt, bedeutet dies wohl, dass er die 'Drei Erken' und die Grillhütte nicht meiden darf. Doch als er allmählich auf die beiden Brücken zusteuert, fängt sein Herz an zu rasen. An seinem Haaransatz bildet sich Schweiß. Er schimpft sich einen Feigling und nimmt die erste Brücke. 'Boss' weicht keinen Zentimeter von seiner Seite.

Kaum dass er die zweite Brücke betritt, hört er auch schon den gellenden Schrei, der aus Richtung der Hütte kommt. Sehr hoch. Sehr schrill. Es muss der Schrei einer Frau sein.

'Nein, bitte nicht schon wieder', schießt es ihm durch den Kopf. Aber immerhin kann die Frau noch schreien, sie lebt also noch. Er schickt Hans van Damm eine Sprachnachricht, hält sich eine Weile am Brückengeländer fest und versucht, tief durchzuatmen.

60.

Es ist schon wieder passiert. Ein Blick in den Spiegel: Mördergesicht! Die Hände sind gewaschen, schon

seit Stunden. Wundgeschrubbt. Aber es fühlt sich noch immer so an, als würde Blut daran kleben. Zum dritten Mal getötet. Das muss aufhören. Der Rosenkranz gleitet durch die Finger:
„Ojcze nasz, któryś jest w niebie,
święć się imię Twoje,
przyjdź królestwo Twoje.
Bądź wola Twoja, jako w niebie tak i na ziemi.
Chleba naszego powszedniego daj nam dzisiaj.
I odpuść nam nasze winy, jako i my odpuszczamy naszym winowajcom.
I nie wódź nas na pokuszenie.
Ale nas zbaw ode złego.
Amen."

61.

Schweigend und sich immer mal wieder ansehend - und manchmal verstohlen anlächelnd - sitzen sie zum späten Frühstück in der Backstube Büschel. Elvira Klein hat noch Urlaub. Und auch wenn die Bedienung ein Schildchen auf der Brusttasche ihres Kittels mit der Aufschrift „Freundlich bedient sie Frau Weber" trägt, so erreicht sie die unaufgeregte Zuvorkommenheit Elvira Kleins in keinster Weise. Sie ist nicht unhöflich, eher gleichgültig. Als sie den Korb mit den Brötchen auf den Bistrotisch stellt, nickt sie mit dem Kopf. Weder Ruth, noch Harald wissen diese Geste wirklich zu deuten. Sie blicken sich fragend an, was wiederum nicht nur auf das seltsame Verhalten der Bedienung gemünzt ist. Ruth hat sich sehr über Haralds Einladung zum Frühstück gefreut. Aber jetzt ist sie mit der Situation ziemlich überfordert. Er ebenfalls.

„Ich glaube, ich muss dir etwas erklären", rührt Ruth in ihrem Kaffee und traut sich dabei nicht, ihm in die Augen zu sehen.

„Du bist mir keine Rechenschaft schuldig", beeilt Harald sich zu sagen und blickt durch die mit Clowns beklebte Fensterfront auf die Hauptstraße.

„Ich weiß. Und ich will mich auch nicht rechtfertigen. Aber ich möchte nicht, dass was zwischen uns steht."

Vor dem Fenster schiebt Grete Breuer ihren Rollator Richtung Sparkasse. Heute alleine unterwegs, ohne Christine Nolden. Ruth fragt sich, ob die beiden sich wohl gestritten haben. Seit sie von Gretchens kurzer Ehe und dem tragischen Tod ihres Mannes weiß, hegt sie Sympathie für die alte Dame.

„Ja", sagt Harald nach gefühlten Minuten. „Wenn du mir wirklich was erzählen möchtest."

„Es gibt da ein Kontaktportal", holt Ruth aus. „Da bin ich manchmal unterwegs gewesen, wenn ich mich einsam gefühlt habe. Das zählt mit zu den Gründen, weswegen ich die Therapie machen möchte. Eigentlich hatte ich mit diesem Portal abgeschlossen. Aber dann bekam ich wirklich nette Nachrichten von einem gewissen RenRew. Der mir schließlich von einer Leiche erzählte, die er gefunden hat. Und dann hat es plötzlich bei mir klick gemacht. Ich hab eins und eins zusammen gezählt und RenRew einfach rumgedreht. Da kam dann Werner raus. Werner Breuer. So … mehr möchte ich zu dieser Geschichte aber wirklich nicht erzählen."

108

Mit einem Mal ist die alte Vertrautheit wieder da. Verlegen fährt Harald sich mit der Hand durch seine grauen borstigen Haare. Er errötet sogar ein bisschen, aber schaut trotzdem Ruth fest in die Augen.

„Danke! Danke, für deine Offenheit, Ruth. Das bedeutet mir sehr viel."

Sowie die Bedienung wieder an den Tisch kommt, um die Käseplatte abzustellen, klingelt sein Handy. Es ist Bärbel. Sie schreit und schluchzt gleichermaßen.

'Du musst sofort kommen. In der Grillhütte liegt wieder eine Leiche.'

62.

Eine gut gelaunte Lena sitzt mit Annemarie und Hape beim späten Frühstück in Annemaries gemütlicher Küche. In den roten Keramik-Tassen dampft frisch gebrühter Kaffee, den sie nach Annemaries Art zubereitet hat. Passend zu den Tassen hat sie weiße Kuchenteller mit roten Rosen ausgewählt. Neben Aufschnitt, Käse und Brot steht ein Teller mit 'Racuchy' auf dem rustikalen Küchentisch. Polnische Hefe-Pfannkuchen, die mit Ahornsirup oder Marmelade gegessen werden. Annemarie greift bereits zum dritten Mal zu.

„Allmählich muss ich anfangen, ein bisschen auf mein Gewicht zu achten", lacht Annemarie und greift zur Marmelade. „Vorgestern Apfel-Pfannkuchen, gestern Mutzen und heute wieder Pfannkuchen. Die schmecken aber auch hervorragend, Lena, deine Racuchy. Ich bin froh, dass du bei uns bist. Nicht nur wegen den Pfannkuchen."

Das breite Grinsen lässt Lenas verhärmtes Gesicht fast weich erscheinen. Dankbar blickt sie Annemarie an: „Es ist schön, hier zu sein."

„Joot, datt die Mamm wedde ene em Huus hätt", sagt Hape und schiebt hinterher: „Häste datt verstange?"

„Das meiste schon, Herr Uerlichs", sagt Lena und lacht schon wieder.

„Ich heeß Hans-Peter, leev Lena. Kass ävve och Hape für mesch saare."

„Möchtest du denn noch einen Pfannkuchen haben, Hape?", übt Lena die neue Anrede.

Hape nickt, während er sein klingelndes Smartphone aus der Hosentasche zieht. Auch während des Telefonates nickt er mehrmals. Er sagt nichts, aber wird zusehends blasser. Dann legt er das Handy aus der Hand und öffnet den Reißverschluss seines alten Trainingsanzuges. Lena springt auf, lässt kaltes Wasser über ein Küchenhandtuch laufen, legt ihm das auf die Stirn und hebt seine Beine auf ihren Stuhl. Jetzt ist auch Annemarie blass geworden.

„Was ist los, mein Sohn? Ist was mit Elvira oder Elviras Mutter?"

„Nee. Datt wor Harald. Do litt alt wedde ne Duude en der Hött."

„Was? Noch eine Leiche 'An den drei Erken'?"

Hape nimmt das Tuch vom Kopf und nickt Lena dankbar zu. Die Beine lässt er aber vorsichtshalber auf dem Stuhl liegen. Ein bisschen schummerig ist ihm schon noch zumute.

„Joo, sitt janz esu uss. Ävve jetz ess et wahl ene Kierl."

63.

'Boss' hat sich übergeben. Er auch. Und die Frau
schreit noch immer. Zumindest versucht sie das. Sie
öffnet den Mund, immer wieder, dabei vibriert die
Zunge leicht. Aber es kommt nur noch ein dumpfer
kehliger Laut zustande. Der Pudel der Frau scheint
den erschöpften 'Boss' fragend anzusehen. Und er
selbst wünscht sich eine Flasche Wasser noch sehnli-
cher, als das zügige Eintreffen Hans van Damms. Ein
Glas Wasser würde schon ausreichen, um den wider-
lichen Geschmack von Kotze wegzuspülen. Irgendwie
ist dieser Pudel cool, viel cooler als sein Frauchen. Er
würde sich so gerne irgendwo hinsetzen, hat er doch
das Gefühl, als ob ihm gleich die Beine den Dienst
versagten. Aber wohin? In die Grillhütte möchte er
nicht. Und es ist zu kalt, sich auf den Boden zu setzen.
Also zieht er die wiederentdeckte grüne Jacke aus
und legt sie auf den moosigen Boden. Er lädt die noch
immer lautlos schreiende Frau mittels Handzeichen
ein, sich zu ihm zu setzen. Die kommt auch der Einladung nach und bevor sie sich niederlässt, streckt sie
ihm die Hand entgegen.

„Bärbel. Bärbel Heinrichs", krächzt sie.

„Werner. Werner Breuer", drückt er ihre Hand.

Für Boss und Elfi scheint die Vorstellungsrunde abgeschlossen zu sein. Elfi streckt Boss ihr Hinterteil entgegen. Und der nimmt Tuchfühlung auf. Wahrscheinlich finden die beiden es nicht pietätlos, in unmittelbarer Nähe zu einer Leiche ihren primären Bedürfnis-
sen nachzugehen.

Fast zeitgleich kommen Hans van Damm, Harald Keller und Ruth Pitscher über die Brücke gelaufen. Bärbel setzt wieder zum Schrei an. Sie ist so durch den Wind, dass sie sich von Harald hochziehen und umarmen lässt.

„Na los, Keller! Nun gehen Sie schon", schickt van Damm Harald in die Grillhütte, während er sich zu Werner Breuer auf die Jacke setzt. Breuer sieht van Damm an und dann Keller und deutet mit dem rechten Zeigefinger auf den Boden der Grillhütte.

„Da", kann er noch sagen, bevor er sich erneut übergibt.

Harald folgt Breuers Zeigefinger und blickt auf schwarze Schuhe, die sich ihm entgegenstrecken. Gefolgt von einer schwarzen Hose und einem Scheich-Kostüm.

„Den hab ich auch zuletzt hier gesehen", flüstert Werner Breuer, noch immer ganz bleich.

„Ich auch", formulieren Bärbels Lippen und sie läuft zitternd wieder auf Harald zu.

Van Damm zieht ein Fahndungsfoto aus der Tasche, dass ihm die Dürener noch gestern Abend geschickt haben. Seine Blicke wandern von Foto zur Leiche und zurück.

„Das ist Rafal Jakubiak. Der hat sich gestern einer Polizeikontrolle entzogen."

64.

Rafal ist tot. Das hat ihr Ruth Pitscher gerade eben mitgeteilt. Sie sitzt bei Hiltrud im Wohnzimmer. Wieder in dem Sessel, in dem sie gestern am frühen

Abend auch schon gesessen hat und fühlt sich ziemlich nutzlos und überflüssig. Seit gestern Abend 22 Uhr hat Jolantha übernommen. Hiltrud hat sie gebeten, sich wie ein sehr willkommener Gast zu fühlen, aber das kann sie nicht. Später wird sie Pavel anrufen. Oder warten, bis er anruft. Eigentlich hat sie keine Lust, mit ihm zu telefonieren. Irgendwann wird er einen Fahrer schicken, um sie und die anderen Frauen abzuholen. Sie versucht, ein bisschen traurig zu sein. Weil man traurig ist, wenn jemand stirbt. Vor allem, wenn diese Person noch relativ jung ist. Aber sie ist nicht traurig. Sie ist erleichtert. Froh, dass er ihr keine Angst mehr machen kann. Aber wer mag Rafal getötet haben? Jemand, der eng mit Margie verbunden war? Das soll Aufgabe der Polizei sein. Und Hape Uerlichs und sein Ex-Kollege Keller werden da bestimmt jede Spur verfolgen. Aber jetzt sollte sie erst einmal ihre Kinder anrufen und denen sagen, dass sie ein paar Tage später kommen wird. Sie muss sich für ihre verspätete Abreise einen triftigen Grund einfallen lassen. Vielleicht, dass Jolantha wegen eines familiären Notfalls erst später aus Gdansk wegkäme. Von dem Mord, oder den Morden, will sie Lenka und Boris erst erzählen, wenn sie wieder bei ihnen ist. Sie würden sich sonst nur Sorgen machen. Und damit wäre keinem geholfen.

„Einen kleinen Augenblick bitte. Ich geb' Sie Ihnen sofort", hört sie Hiltrud sagen. Und als sie aufsieht reicht Hiltrud ihr das Telefon. „Für dich! Elvira Klein!"

Etwas perplex nimmt sie das Gerät entgegen. Da sie jetzt wohl noch ein paar Tage in Deutschland bleiben müsse, habe sie eine Bitte, sagt Elvira Klein ein bisschen verlegen. Ob sie sich vorstellen könne, sich über die Karnevalstage um ihre Mutter zu kümmern? Natürlich gegen Bezahlung.

„Wissen Sie, liebe Agnieszka. Herr Uerlichs und ich würden gerne zwei Tage ans Meer fahren, nach dem Stress der letzten Tage. Seine Mutter wissen wir jetzt bei Lena in guten Händen."

„Das mache ich sehr gerne, liebe Frau Klein. Sie beide haben sich eine Auszeit verdient und ich fühle mich sowieso hier ziemlich überflüssig."

Wenn die alte Frau Klein nur halb so nett wie ihre Tochter ist, werden die nächsten Tage angenehm werden. Und die Bezahlung, die Elvira ihr in Aussicht stellt, ist einfach nur fantastisch.

65.

Nachdem sie eine ausgiebige Dusche genommen hat, fühlt sie sich wieder fit. Und warm. Sie hätte sich ja gerne um den angeschlagenen Werner Breuer gekümmert. Er hat ihr schon sehr leid getan, wie er da auf seiner Daunenjacke gekauert hat. Blass. Leichenblass. Die kinnlangen Haare schweißnass. Noch bis vor kurzem hat sie ihn immer nur als hirnlosen Saufkumpan Hans van Damms wahrgenommen. Mittlerweile hat sie ihn jedoch als feinfühligen, empathischen Menschen kennengelernt.

Jetzt sitzt sie in ihrem Wohnzimmer, in ihren flauschigen roten Bademantel gehüllt. Mit dem rot-weiß gestreiften Handtuch rubbelt sie ihre Haare trocken. Auf ihrem PC ploppt eine Nachricht von RenRew auf.

Nein. Die möchte sie jetzt nicht lesen. Sie weiß im Moment nicht, wie sie sich adäquat verhalten soll. Was sie ihm schreiben soll ... als Silberherz_17. Als Ruth Pitscher hat sie ihm vorhin nicht helfen können. Er wäre auch sehr verwundert gewesen, hätte sie sich zu ihm auf seine grüne Jacke gesetzt. Mal ganz abgesehen davon, dass sich Hans van Damm dort schon niedergelassen hatte. Auch der hat schlecht ausgesehen. Van Damm, der coole Cop! Unweigerlich muss sie lachen bei der Vorstellung, wie van Damm vor der heimischen Glotze sitzt, amerikanische Polizei-Serien konsumiert und vermeintlich coole Gesten gleich vor dem Spiegel einstudiert.

Mit dem grobzinkigen Kamm bearbeitet sie ihr handtuchtrockenes Haar und räumt ein paar Zeitschriften und Unterlagen auf ihrem Couchtisch zusammen. Die Glasplatte muss dringend gesäubert werden. Spuren von Kaffee, Rotwein und Handcreme wirken nicht wirklich ansprechend. Gleich will Harald kommen. Wenn er die stumm schreiende Bärbel und die liebestolle Elfi nach Hause gebracht und ein bisschen beruhigt hat.

Ja, das ist schon eine sonderbare Situation an der Grillhütte gewesen. Werner Breuer und Bärbel Heinrichs zusammen auf der grünen Jacke. Es sind nicht nur die silbernen Löckchen, die für eine gewisse Ähnlichkeit von Frauchen und Hund sorgen. Sobald Bärbel Harald gesehen hat, ist sie aufgesprungen und hat lautlos geschrien und geweint. Harald und van Damm haben die Leiche identifi-ziert. Van Damm hat, auf Werners Jacke sitzend, Dr. Backhausen angerufen und Harald – aus ihr unbekannten Gründen – gebeten, die Dürener Kollegen um Willy Beißel zu informieren. Sie selbst hat das allgemeine Chaos genutzt, um sich ein bisschen in der Hütte umzusehen. Leichen sind ihr noch immer unheimlich. Das ist jetzt die dritte Leiche, die sie aus der Nähe sieht. Da ist ihr Vater gewesen, dessen Hand sie gehalten hat, als er seine Augen für immer schloss. Und da ist Dieter Thoma gewesen, der auf der Flucht vor der Polizei gestürzt und mit dem Kopf auf den Randstein eines Beetes aufgeschlagen ist. Und jetzt Rafal Jakubiak. Die Augen sind noch geöffnet gewesen. Große dunkle Augen, wie Werner Breuer und Agnieszka sie beschrieben haben. Zwischenzeitlich wird Dr. Backhausen die Augen wohl geschlossen haben. In dem aus einem Betttuch gefertigten Scheichgewand hat es eine Innentasche gegeben. Und sie hat, ohne zu zögern, einen Zettel aus dieser Tasche gezogen. Und jetzt hofft sie, dass ihre roten Wollhandschuhe keine nennenswerten Faserspuren hinterlassen haben.

Sie legt die Zeitschriften und Unterlagen auf das Sofa, bringt zwei Tassen mit abgestandenem Kaffee in die Küche und kommt mit einem Geschirrtuch und Glasreiniger wieder. Die Handcreme-Spuren sind ganz schön hartnäckig.

'Bin in 5 Minuten bei Dir. Harald' zeigt ihr Handy an. Schnell wechselt sie von ihrem Bademantel zu Woll-Leggins und Schlabberpulli. Aber grau in grau in Kombination mit ihren grauen Haaren sagt ihr bei einem Blick in den Garderoben-Spiegel gar nicht zu. Mit einem roten Nicki-Tuch gefällt ihr die Kombination schon besser. Bevor sie noch einen Hauch von Lippenstift auflegt, zieht sie den Zettel aus ihrer Jacken-

tasche und legt ihn auf den frisch gesäuberten Couchtisch.

66.

Als sein Vater geboren wurde, hieß die Stadt Breslau
und gehörte zu Deutschland. In seinen Erinnerungen
hatte Paul Nowak immer von Brassel gesprochen, so
heißt die Stadt im schlesischen Dialekt. Und diesen
hatte sein Vater an ihn weitergegeben. Polnisch war
bei Nowaks Tabu gewesen. Obwohl etliche Begriffe
des schlesischen Dialektes dem Polnischen näher
sind, als dem Deutschen. Sein Vater hatte 'die' Polen
gehasst, weil 'die' seinem Vater das Land weggenommen hatten. Der Blick Paul Nowaks auf die deutsche
Geschichte war kein besonders differenzierter gewesen.
 Das Wort 'Polen' durfte noch nicht einmal ausgesprochen werden. Und so sollte sich der kleine Karl,
gerade wegen des Reizes des Verbotenen, ganz besonders für Polen im Besonderen, aber auch für die
anderen Staaten hinter dem Eisernen Vorhang interessieren. Und als er in die Pubertät kam, war es der
slawische Frauentyp, der ihn besonders anzog. In der
Sperrholz-Kommode seines Jugendzimmers lagerten
unter alten Schulbüchern mit Eselsohren und einem
ausrangierten Transistorradio zwei abgegriffene polnische Pornoheftchen. Die hatte er auf der Toilette in
einer Raststätte gefunden, als er mit seinen Eltern
nach Frankreich in Urlaub fuhr. Seitdem hütete er die
wie einen Schatz.

Mittels Sprachkursen auf Audio-Kassetten lernte er polnisch. Als der Eiserne Vorhang fiel, war er 23 Jahre alt und wahrscheinlich der erste Mensch aus Niederzier, der nach Polen reiste. Zu dem Zeitpunkt arbeitete er als Reiseverkehrskaufmann in Düren. Er baute in Gdansk ein Reisebüro auf, heiratete Pavla und ließ sich noch im gleichen Jahr wieder scheiden. Der Reiz ihrer slawischen Schönheit hatte sich sehr schnell im Alltag abgenutzt. Ihre hochkalorischen Kochkünste und ihr polnischer Katholizismus hatten ihn erschlagen. Nachdem seine Eltern kurz hintereinander 2010 starben, kehrte er wieder nach Niederzier zurück und eröffnete in dem geerbten Haus ein eigenes kleines Reisebüro. Auch wenn er sich geografisch auf Asien spezialisierte, blieb seine Vorliebe für slawische Frauen. Und als er bei einem Besuch im Nachtigall auf Lotti Birkenbach stieß, war er hin und weg. Die hohen Wangenknochen, die eher kleinen Augen und die etwas breitere Nase. Auch das etwas Pummelige spricht ihn sehr an. Und Lotti hat auch was ganz Besonderes. Etwas Einzigartiges. Etwas, das Lilli nicht hat. Für die hätte er sich niemals interessiert. Viele Männer können Lotti und Lilli nicht auseinanderhalten. Das kann er nicht nachvollziehen.

 Manchmal ist er sogar ein kleines bisschen in Lotti verliebt. Es gibt nur eine Sache, die er bei ihr vermisst. Diesen slawischen Akzent, der ihn schier um den Verstand bringt.

67.

Das Grab von Erwin ist schon vor 30 Jahren eingeebnet worden. Sie hatte damals diese komplizierte Hüft-
OP nach dem Sturz mit dem Fahrrad gehabt. Und es
war fraglich gewesen, ob sie überhaupt jemals wieder
würde gehen können. Es war während der OP zu
Komplikationen gekommen. Wahrscheinlich war den
Ärzten ein Kunstfehler unterlaufen. Aber sie hatte
niemanden gehabt, der sich um eine juristische Auseinandersetzung mit den Halbgöttern in Weiß gekümmert hätte. Margot war schon lange tot und Erwins
Bruder hatte sich nie für ihre Belange interessiert.
Werner war gerade mal 23 und mit Fußball, Arbeit
und Frauen beschäftigt. Für sie folgten weitere OPs,
mehrere Reha-Aufenthalte und ein langer Kampf um
die Erwerbsunfähigkeitsrente. Im Kindergarten war
sie nicht mehr einsetzbar gewesen. Und sie hatte
nichts anderes gelernt und auch nie etwas anderes
gewollt. Kinder sind ihre Welt gewesen. Mit Erwin
wollte sie ganz viele eigene haben.

Die Gemeinde hatte sie mehrfach wegen des Grabes
angeschrieben, weil das Grab so ungepflegt war. Sie
selbst war nicht in der Lage gewesen, es zu pflegen.
Und in ihrer ungeklärten finanziellen Situation konnte
sie sich keine externe Grabpflege leisten. So hatte sie
schließlich einer Einebnung zugestimmt.

Da, wo jetzt ein neues Urnenfeld entstanden ist, be-
fand sich früher Erwins Grab. Selten, höchstens einmal pro Jahr, zieht es sie zu diesem Urnenfeld und sie
setzt sich auf eine Bank in der Nähe und hält mit Erwin Zwiesprache. Es ist ungemütlich windig. Feucht

windig. Gar nicht mal so kalt. Trotzdem hat sie sich ein Sitzkissen aus ihrer Rollator-Tasche genommen und auf die klamme Holzbank gelegt. Sie erzählt ihm von Werners Anruf aus dem Lendersdorfer Krankenhaus, wo er sich zur Beobachtung befindet. Wegen seines Schocks. Der arme Junge. Zwei Leichen innerhalb weniger Tage. Das ist einfach zu viel.

„Ans Telefon gehst du nicht. Zu Büschels kommst du auch nicht mehr. Aber hier treibst du dich bei diesem ungemütlichen Wetter herum", reißt sie Christine Nolden aus ihren Gedanken und wirkt dabei sehr ungehalten.

Grete ist konsterniert. Eigentlich möchte sie gar nicht sprechen in diesem Augenblick. Aber sie will Christine auch nicht noch mehr verärgern, denn sie ist tatsächlich die letzten Tage nicht ans Telefon gegangen. Im Augenblick wünscht sie sich, zuhause geblieben zu sein. Aber ihr Friedhofsbesuch lässt sich nun mal leider nicht mehr rückgängig machen.

„Was lungerst du denn überhaupt auf dem Friedhof herum?", legt Christinchen nach. Dass die Frau, die sie für ihre Freundin gehalten hat, tagelang nicht ans Telefon gegangen ist, hat sie sehr verletzt.

Gretchen deutet auf den Platz neben sich. Doch Christinchen schüttelt energisch Kopf und setzt sich auf ihren Rollator.

„Willst du auch eine Urnenbestattung haben?", sieht sie Gretchen an und holt tief Luft: „Mensch, jetzt lass' dir doch nicht jedes Wort aus der Nase ziehen."

„Erwin", sagt Gretchen und muss schlucken.

„Was? Wer ist Erwin?"

„Erwin war mein Mann", antwortet Gretchen unter

Tränen.

„Du warst verheiratet?", zeigt sich Christinchen überrascht aber auch ganz schnell milder gestimmt. Sie greift nach Gretchens Hand. Und Gretchen erzählt und wundert sich selbst, dass sie bisher nie über Erwin gesprochen hat. Sie hat Christinchen vor 40 Jahren kennengelernt, da war Erwin schon seit zehn Jahren tot gewesen. Ganz am Anfang ihrer Bekanntschaft wollte sie nicht über Erwin sprechen, weil sie nicht vor einer nahezu Fremden in Tränen ausbrechen wollte. Und dabei ist es dann geblieben. Christine weiß, dass Werner ihr Neffe ist, aber sie muss vermutet haben, dass Werners Vater ihr Bruder war.

Jetzt kullern auch bei Christinchen die Tränen. Und als Gretchen erzählt, welche Sorgen sie sich um Werner macht, fängt sie an zu schluchzen.

„Und ich hab mich darüber aufgeregt, dass du nicht ans Telefon gehst. Und eben hab ich auch noch so eine dumme Bemerkung gemacht", drückt Christinchen Gretchens Hand. „Kannst du mir noch einmal verzeihen."

„Aber sicher doch, meine Liebe. Wir sind doch Freundinnen, oder?"

„Ja, das sind wir", strahlt Christinchen und erhellt damit ein bisschen diesen tristen grauen Februar-Tag.

68.

Lotti und Lilli winken ihnen von der gegenüber-liegenden Straßenseite zu, als Elvira und Hape den silbernen Ford Fiesta beladen. Mit einer Tasche in jeder

Hand und dem Autoschlüssel im Mund macht Hape nur eine kreisende Bewegung mit seinem Kopf, die so etwas wie 'Hallo und Tschüss' ausdrücken soll. Seine Mutter winkt ihnen vom Wohnzimmerfenster aus zu.

„Ich bin noch mal kurz rein", stellt Elvira einen kleinen ockerfarbenen Koffer auf dem Bürgersteig neben dem Auto ab.

„Och Leevje, watt ess dann jetz alt wedde?", klingt Hape ein bisschen ungeduldig. „Mir wolle doch zom Ovendesse en Dombursch senn."

„Ich will nur noch mal sehen, ob Lena wirklich mit dem Toilettenstuhl zurecht kommt und weiß, wie man ihn feststellt. Damit deine Mutter nicht wegrutscht, wenn sie diese Nacht mal Pippi machen muss."

„Ich hann datt alt dämm Lena jezeesch."

„Trotzdem", wirft sie ihm eine Kusshand zu, „bin sofort wieder zurück."

Sobald Elvira wieder im Haus ist, kommt Lotti herüber gelaufen: „Ich hab gestern was Komisches gesehen. Karl, mein Stammfreier, stand bei euch vor dem Haus, als Mönch verkleidet. Der hat sich kurz mit einem 'Scheich' unterhalten. Ich glaube, zwischen den beiden hat es Ärger gegeben."

Jetzt wird Hape nervös und zieht den Reißverschluss seiner grünen Polizei-Trainingsjacke rauf und runter.

„Saach bloos nühs demm Elvira. Datt mäht sich alt jeck jenoch. Ävve roof der Harald ahn ond verzäll datt demm, wemmer weg senn. Do häss jett jood bej mir."

Als Elvira wieder aus dem Haus kommt, sieht Hape Lotti verschwörerisch an.

„Ich wollte nur noch einmal persönlich eine gute Reise wünschen", sagt Lotti und nimmt Elviras Hand. „Ihnen ganz besonders, liebe Frau Klein."

Hape startet den Wagen, Elvira steigt ein und schnallt sich an: „Ich hab' ein ganz blödes Gefühl."

„Wäje deng Mamm?", fragt Hape und legt Elvira eine Hand aufs Knie.

„Nein, meine Mutter weiß ich bei Agnieszka in guten Händen. Und deine Mutter bei Lena. Aber ich werde das Gefühl nicht los, dass was Schlimmes passieren wird."

69.

Es ist dann doch schon 19 Uhr, als Ruth einem ziemlich zerknirschten Harald die Tür öffnet. Er drückt ihr eine XL-Tafel Traube-Nuss in die Hand und erklärt seine immense Verspätung. Die stumm schreiende Bärbel habe ihn inständig gebeten, länger zu bleiben. Und dieses Mal sei das nicht mit einem Annäherungsversuch oder Beschimpfungen verbunden gewesen, sondern einfach nur mit purer Verzweiflung und Angst.

„Alles in Ordnung", sagt Ruth und zieht ihn in den Flur. „Mir geht es ähnlich mit Werner Breuer. Mit dem habe ich eben gechattet. Natürlich nicht unter meinem richtigen Namen. Der arme Kerl ist in Lendersdorf zur Beobachtung. Er und Bärbel sind innerhalb weniger Tage in gleich zwei Mordfälle verwickelt worden. Wenn auch nur am Rande. Aber das geht an die Substanz, das ist doch nur allzu verständlich."

„Hast du Merlot da?", fragt Harald unvermittelt.

Ruth sieht in überrascht an und nickt zustimmend.

„Heute könnte ich ein Glas vertragen. Vielleicht sogar zwei."

Harald lässt sich auf die Couch fallen und räumt die Zeitschriften und Unterlagen auf den Tisch, während Ruth in der Küche eine Flasche Wein entkorkt.

„Und Bärbel hat sich ein bisschen beruhigt?"

„Ja, eine Nachbarin ist bei ihr. Die wird auch diese Nacht bei ihr schlafen. In Winden ist heute der Zug gegangen. Ich will nicht wissen, wie viele Scheichs da unterwegs waren und vielleicht zu später Stunde an Bärbels Schlafzimmerfenster vorbei spazieren."

Mit zwei Gläsern Merlot in der Hand kommt Ruth aus der Küche zurück und setzt sich neben Harald auf die Couch. Einen kurzen Moment überlegt sie, ob sie sich durch sein störrisches graues Haar wuscheln soll. Doch dann nimmt sie schnell wieder Abstand von dieser Idee. Jetzt bloß nicht das wieder entspannte Miteinander gefährden.

„Weißt du eigentlich, dass Grete Breuer einmal verheiratet war und ihr Mann mit dem Auto unter einen Zug geraten ist?"

„Was? Nein! Das tut mir richtig leid. Gibt es bei Christinchen Nolden etwa auch so eine tragische Geschichte?"

„Nicht dass ich wüsste."

Harald lehnt sich entspannt zurück und schiebt sich ein kleines graues Kissen in den Rücken.

„Darf ich meine Füße auf deinen heißgeliebten Plüschhocker legen?"

„Klar!"

„Auch ausnahmsweise mal ohne meine Schuhe aus-

124

zuziehen? Weil … ähhh. Ich bin seit heute Morgen unterwegs."

„Alles okay", lacht Ruth. „Du darfst aber auch gerne ein Fußbad nehmen und dir ein paar von meinen dicken warmen Wollsocken anziehen."

Harald nickt dankbar.

„Komm mit", zieht Ruth ihn vom Sofa hoch. Er folgt ihr bereitwillig. Im Badezimmer lässt sie warmes Wasser in eine alte Zinkwanne laufen und fügt eine Verschlusskappe mit Latschenkiefernöl hinzu.

„Ich lass die Tür auf. Dann können wir weiterquatschen", sagt sie im Herausgehen und belegt in der Küche ein paar Kräcker mit Käse und Gewürzgürkchen.

„Hab ich dir eigentlich von Lotti erzählt?", tönt es aus dem Badezimmer.

„Nein. Wer ist Lotti?"

„Eine sehr sympathische Prostituierte aus Üdingen und Nachbarin von Hape und seiner Mutter."

„Erzähl", sagt Ruth und ist froh, dass Harald nicht sehen kann, wie ihr für einen kurzen Moment die Gesichtszüge entgleisen.

Während Harald erzählt, stellt sie ein Tablett mit den Häppchen und Erdnüssen auf dem Wohnzimmertisch ab. Dabei fällt ihr dann wieder der Zettel ein und sie beginnt zu suchen.

„Und genau dieser Karl", schließt Harald, mit dicken Wollsocken an den Füßen ins Wohnzimmer kommend, seine Erzählung ab, „hat sich gestern Abend vor Hapes Haus mit unserem Scheich unterhalten. Wenn ich nur wüsste, wer dieser Karl ist?"

„Da kann ich gerne weiterhelfen", kramt Ruth triumphierend einen Zettel unter den Unterlagen hervor. „Voilà!"

In ziemlich ungelenker Schrift hat jemand 'Karel 0171/2564327' auf den Zettel geschrieben.

„Wo hast du das her?", fragt Harald. „Obwohl, ich hab da so eine Vermutung. Sag jetzt bitte nicht, dass du hast Beweismaterial unterschlagen hast."

„Unterschlagen ist so ein böses Wort. Können wir uns nicht einfach darauf einigen, dass ich wichtige Informationen vor der Ignoranz van Damms gerettet habe?"

„Ich müsste die Nummer eigentlich van Damm geben, oder den Dürenern."

„Du bist nicht mehr im Dienst."

„Müsste ich trotzdem. Okay, aber was hast du vor?"

„Anrufen", lacht Ruth.

„Von deinem Telefon aus?", fragt Harald ungläubig.

„Quatsch. Ich lege mir eine neue Skype-Nummer zu. Am besten eine mit Warschauer Vorwahl oder so!"

„Und das ist legal?"

„Ziemlich. Aber jetzt widmen wir uns erst einmal dem Wein und den Häppchen. Dann kümmere ich mich um die Skype-Nummer. Zum Anrufen ist es heute sowieso schon zu spät. Und wir müssen uns ja auch noch eine gute Geschichte überlegen, warum wir anrufen."

„Wir?"

„Wir!"

70.

Das darf nie wieder passieren. Nie wieder. Bitte, lieber Gott, zeige mir den richtigen Weg.

Durch den Spalt in der Jalousie fällt ein sanfter Lichtstrahl ins Zimmer. Ob Gott versöhnlich gestimmt ist? Ich will Buße tun, bitte gib mir ein Zeichen.

Jcze nasz, któryś jest w niebie,
święć się imię Twoje,
przyjdź królestwo Twoje.
Bądź wola Twoja, jako w niebie tak i na ziemi.
Chleba naszego powszedniego daj nam dzisiaj.
I odpuść nam nasze winy, jako i my odpuszczamy naszym winowajcom.
I nie wódź nas na pokuszenie.
Ale nas zbaw ode złego.
Amen.

71.

Marianne hat sie nicht erkannt und sie gebeten, 'ihr Haus' auf der Stelle zu verlassen, ansonsten würde sie die Polizei verständigen. Daraufhin hat Ruth mit Martina Salentin, der empathischen Altenpflegerin, in der Küche gesessen und geweint. Natürlich weiß sie, dass das sich nicht gegen sie persönlich richtet ... dass das zum Verlauf der Krankheit dazugehört ... und sie weiß aber auch, dass es nie wieder besser sondern immer schlechter werden wird ... dass es in Schüben immer weiter bergab gehen wird. Beim nächsten Mal wird Marianne sie vermutlich wiedererkennen, aber das

Nichterkennen wird häufiger werden und das Fortschreiten der Krankheit ist durch nichts aufzuhalten.
Aber am allerschwersten fällt Ruth im Moment, sich
einzugestehen, dass ihre Schwester im Schiller-Euler-
Stift viel besser aufgehoben ist, als bei ihr. Mit einem
Papiertaschentuch tupft sie sich die Tränen ab, die
schon wieder kullern, während sie ihren kleinen roten Mini Richtung Kreuzau lenkt. Harald will an der
Kurt-Hoesch-Kampfbahn warten und dann wollen sie
zusammen zu Agnieszka Fabian fahren, die ja zur Zeit
in Drove bei Elvira Kleins Mutter arbeitet. Es hat etwas von déjà vu, wieder an der Sportanlage zu halten, um Harald zu treffen.

„Ist wohl nicht so gut gelaufen mit deiner
Schwester", öffnet Harald die Beifahrertür und drückt
kurz ihre Hand.

„Stimmt. Aber lass uns jetzt bitte von etwas anderem
reden."

„Neue Sorte?", deutet Harald auf das Duftbäumchen,
das am Innenspiegel befestigt ist.

„Perfekte Ablenkung", lacht Ruth. „Komm, steig ein."
Und während sie vom Parkplatz aus Richtung Drove
abbiegt, erzählt sie von ihrer neuen Skype-Nummer
und dem Telefonat mit Agnieszka.

„Dieser Karl wird gleich einen Anruf von einer Milena
bekommen und wir sind dabei."
Ruth hat jetzt ganz rote Wangen vor lauter Aufregung.

Agnieszka bittet Ruth und Harald ins Wohnzimmer.
Frau Klein, die sich zur Freude Agnieszkas als ähnlich
nett wie Elvira erwiesen hat, liegt mit einem 'guten

Buch' im Bett.

Ruth packt ihren PC aus, lässt sich von Agnieszka das WLAN-Passwort zeigen, öffnet ihr Skype-Konto und reicht ihr das Headset.

„Bereit?"

„Ja."

Harald lässt sich in einen der braunen Ledersessel fallen und bestaunt einmal mehr, wie fit Ruth in Sachen moderner Kommunikation ist. Jetzt gibt sie Karls Nummer ein und hält vor lauter Aufregung für einen Moment die Luft an.

„Hier Milena Zielinska ist", spricht Agnieszka in ihr Headset und betont dabei ihren polnischen Akzent.

Karls Antwort kann natürlich nur sie hören. Sie macht Ruth ein Zeichen und als Ruth nickt, zieht sie den Anschluss des Headsets aus dem PC.

„ ... gut deutsch. Woher hast du meine Nummer?"

„Hat Rafal gegeben. Sagt du willst mich treffen bestimmt. Reisen morgen nach Deutschland."

„Ach, bist du eine Pflegekraft?"

Agnieszka sieht Ruth an, und antwortet, als die mit dem Kopf nickt.

„Ja. Ich kommen zu Frau nach Düren. Ort Kreuzau heißt. Weißt du wo ist?"

„Kreuzau oder Düren ist beides ganz bei mir in der Nähe. Dann können wir uns treffen."

„Rafal fragen wo."

„Dazu brauchen wir Rafal aber nicht. Gib' mir einfach deine Adresse."

„Weiß nix. Hat Fahrer", sieht Agnieszka in Richtung Ruth. Die schreibt 'melden wenn angekommen' auf die Rückseite der Fernsehzeitung.

„Wie kann ich dich denn finden?", will Karl wissen.

„Ich mich melden, wenn in Kreuzau. Muss packen jetzt", verabschiedet sich Agnieszka.

„Ich freue mich darauf, dich kennenzulernen, Milena", beendet Karl das Gespräch.

„Hätte ich mehr sagen oder fragen sollen?", ist sich Agnieszka unsicher.

„Sie waren großartig", sagt Harald.

„Stimmt", sagt Ruth. „Das war genau richtig dosiert. Wir wissen jetzt, dass er generell an polnischen Frauen interessiert ist. Ich vermute mal, dass der Akzent ein Teil des Kicks ist. Hättest du mehr gefragt, wäre er vielleicht misstrauisch geworden."

„Ist er der Mörder von Margie und Rafal?"

„Wir wissen es nicht", sagt Ruth.

„Vielleicht haben wir es auch mit zwei unterschiedlichen Mördern zu tun", ergänzt Harald.

„Ja. Vielleicht hat Rafal Malgorzata getötet und Karl daraufhin wieder Rafal?"

„Ach ja, er hat sich mit Novak gemeldet. Der Namen kann Ihnen doch weiterhelfen, oder?"

„Bestimmt", versichert Ruth.

Harald füttert die Suchmaschine mit Karl, Karel, Novak und Nowak in verschiedenen Kombinationen. Schließlich findet er ein Reisebüro in Niederzier. Den Link schickt er an Lotti, verbunden mit der Frage: Ist er das? Ruth schaut ihm dabei über die Schulter und muss sich eingestehen, dass Haralds Kontakt zu dieser Lotti irgendwas mit ihr macht.

Agnieszka holt eine Flasche Mineralwasser und drei Gläser aus der Küche. Noch während sie einschenkt, macht sich Haralds Handy bemerkbar.

„Bingo", freut sich Harald. „Das ist genau der Karl, den wir suchen."

72.

Kaum, dass Bärbel Heinrichs sich von ihrem Schock erholt hat, ist sie wieder ganz die Alte. Zunächst ist sie, mit einer liebeskranken Elfi im Schlepptau, durch Winden spaziert. Zu dumm nur, dass die Straßen wie leergefegt sind, da viele Windener - vermutlich von den Karnevalsfeiern das Vortages angeschlagen - die heimische Couch oder gar das Bett einer Klönrunde auf der Straße vorziehen. Aber es gibt für Bärbel so viel zu erzählen. Und so überquert sie die Windener Brücke. Schon von weitem sieht sie auf Höhe der Festhalle die beiden älteren Damen mit ihren Rollatoren spazieren. Sofort legt sie einen Zahn zu.

„Dieser Hund", beginnt sie ein Gespräch, als sie auf die beiden zusteuert, „ist nicht zu bremsen. Naja, meine Elfi hat einiges mitgemacht. Wir haben eine Leiche gefunden. Können Sie sich das vorstellen?"

„Das tut mir leid für Sie", sagt Gretchen Breuer.

„Na, dein Neffe hat die Leiche doch auch gesehen. Und bei ihm war es sogar die zweite Leiche, innerhalb kürzester Zeit", schaltete sich Christine Nolden ein.

Gretchen Breuer wirft ihr einen vorwurfsvollen Blick zu, den sie jedoch ignoriert.

„Dein armer Werner ...", fährt sie fort und sieht dabei Bärbel Heinrichs beifallheischend an.

„Ja klar", fasst sich Bärbel an Stirn. „Dass ich da nicht

gleich drauf gekommen bin. Das ist Ihr Neffe, Frau Breuer. Er hat sich mir doch als Werner Breuer vorgestellt."

„Nun erzählen Sie mal in Ruhe, meine Liebe", sieht Christinchen zuerst Bärbel und dann Gretchen an.

„Wir haben ein offenes Ohr, nicht wahr, Gretchen?"

Etwas widerwillig nickt Gretchen. Und während Elfi immer wieder an der Leine zieht, verliert sich Bärbel in Einzelheiten, die selbst Christinchen auf Durchzug schalten lassen. Als der Begriff 'großer dünner Mann' fällt, horcht sie wieder auf.

„Der große dünne Mann war der Scheich?"

„Nein! Den Scheich, also diesen Rafal, hab ich an der Hütte gesehen, als die tote Polin gefunden wurde. Da war er natürlich nicht als Scheich verkleidet, hatte einen dunklen weiten Mantel an. Drei Tage später bin ich da wieder gewesen und hab einen großen, dünnen Mann aus der Hütte kommen sehen. Da hab ich gedacht, das ist die gleiche Person. Aber als ich gestern den Scheich gesehen habe ... der war nicht dünn!"

„Das ist ja interessant", staunt Gretchen.

„Sehr interessant", schiebt Christinchen nach.

'Wenn das so ist', denkt Bärbel, 'dann sollte ich das unbedingt Harald erzählen'.

Und aufeinmal hat sie es sehr eilig.

73.

Ob Sie Karl als dünn bezeichnen würde, hat Harald sie eben noch einmal angerufen. Karl? Dünn? Das würde sie jetzt nicht behaupten. Aber dick ist er auch nicht. Schon eher schlank, aber mit einem kleinen Bauchansatz.

Jetzt liegt er neben ihr auf dem roten Laken. Das 'Nachtigall' macht noch immer auf 'Moulin Rouge'. Eigentlich hat sie ihn immer gemocht. Ihr Miteinander ist ziemlich unkompliziert und entspannt gewesen. Doch plötzlich ist es eher verkrampft. Sie spürt ein leichtes Unbehagen in seiner Nähe. Einen Hauch von Angst. Ob er die Hobby-Hure umgebracht hat? Und ihren Hobby-Zuhälter gleich mit? Das macht doch alles keinen Sinn.

„Diese Polin, diese Malgorzata, nach der du mich gefragt hast, ist tot. Hast du das gewusst?", fragt Karl in einem ungewohnt scharfen Ton.

„Ja, das weiß ich. Aber noch nicht lange."

„Aber du hast es gewusst, als ich das letzte Mal hier war!"

„Jaa ... schon", zieht sich Lotti ihr Mieder zu zurecht.

„Du hast mich ausgequetscht wie eine Zitrone", packt Karl sie am Arm. Seine Augen funkeln: „Ich weiß, dass ich ein Freier bin. Aber ich hab gedacht, zwischen uns gäbe es auch so etwas wie Freundschaft. Wer hat dich auf mich angesetzt?"

Er sieht sie herausfordernd an und hält dabei ihren Arm noch immer fest. Lotti versucht, sich aus diesem Griff herauszuwinden.

„Na, los! Spuck's aus. In wessen Auftrag solltest du

mich ausfragen? War es dieser Rafal? Ja? Nun ant-
worte gefälligst!"

Lotti ist nicht zum ersten Mal in einer solchen Situation und weiß, was zu tun ist. Während sie augen-
scheinlich weiterhin um ihre Hand kämpft, schnellt
ihr Knie hoch und trifft ihren Peiniger da, wo es richtig weh tut. Der jault auf wie ein Hund und greift mit
beiden Händen automatisch nach der schmerzenden
Stelle.

„Geh'", öffnet Lotti die Tür. „Und lass' dich hier bloß
nicht mehr blicken. Von einer Anzeige werde ich absehen. Noch!"

Karl schießen die Tränen in die Augen. Ob es am
Schmerz seines Gemächtes liegt oder am drohenden
Verlust seiner Lieblingshure, ist ihm vermutlich selbst
nicht klar. Aber er scheint allmählich zu begreifen,
was er angerichtet hat. Lottis Gesicht ist wie verstei-
nert, als er an ihr vorbei durch die Tür geht. Blass. In
gekrümmter Haltung.

„Es tut mir so leid", wagt er nicht, sie anzusehen.
Und eine Antwort erwartet er nicht wirklich.

74.

Ein Wind fegt über Üdingen hinweg. Seit einigen
Stunden ist es nun schon dunkel, und das komplette
Dorf scheint zu schlafen. In wenigen Stunden werden
Lotti und Lilli von der Arbeit nach Hause kommen.

Annemarie Uerlichs wälzt sich unruhig in ihrem Bett
hin und her. Als der Wind gegen die hölzernen Fens-
terläden schlägt und dadurch ein Poltern verursacht,

schreckt sie auf und schreit. Sie knipst die Nachttischlampe an, orientiert sich in ihrem Schlafzimmer und wischt sich mit einem alten Taschentuch ihres verstorbenen Mannes über die Stirn. Da steht auch schon Lena in der Tür. In dem rosafarbenen Nachthemd mit den Rüschen und ihrer knabenhaften Figur sieht sie aus wie ein junges Mädchen. Dieser Eindruck wird allerdings durch die grauen Haare und die Sorgenfalten zunichte gemacht.

„Hab' ich dich geweckt? Das tut mir leid", ist Annemarie zerknirscht.

„Das ist kein Problem", kommt Lena näher, legt Annemarie einen Hand auf die Stirn und hält einen Moment inne. „Fieber hast du keins. Das ist gut."

„Ich bin so froh, dass du hier bist", nimmt Annemarie ihre Hand und hält sie einen Augenblick fest.

„Das bin ich auch", sagt Lena. „Und jetzt gehe ich in die Küche und mache dir eine heiße Milch mit Honig. Dann kannst du mir von deinem bösen Traum erzählen."

Noch einmal wischt sie sich mit dem blütenweißen Herren-Taschentuch über die Stirn und bemüht sich, tief ein und aus zu atmen. Als Lena sich im Türrahmen zu ihr umdreht, versucht sie ein Lächeln. Was hat sie nur im Schlaf schreien lassen? Die klappernde Fensterlade mag sie geweckt haben, aber geschrien hat sie wegen etwas anderem. Sie versucht, die Bilder und Gedankenfetzen in ihrem Kopf zu sortieren. Verliert dabei aber immer wieder den Überblick. Nicht, dass sie sie doch noch dement wird? Diese schreckliche Krankheit hat so erschreckend oft in ihrem Bekanntenkreis zugeschlagen.

Im Traum ist Malgorzata immer wieder aufgetaucht. Verrenkt, als Leiche, die aber zu ihr gesprochen hat. Aber was hat sie gesagt? Warum kann sie sich nicht daran erinnern? Noch einmal wischt sie sich mit dem Taschentuch über ihre schweißfeuchte Stirn. Dann steht Lena auch schon neben ihrem Bett und stellt das kleine Tablett mit der heißen Honigmilch auf ihren Nachttisch. Sie zieht sich einen Stuhl heran und setzt sich. Springt aber sofort wieder auf, um das Kopfteil des Bettes per Knopfdruck hochzufahren, sodass Annemarie ihre Milch im Sitzen trinken kann.

„Nun setz' dich doch, Lena", weist Annemarie auf den Stuhl neben ihrem Bett.

„Hast du es denn auch bequem?", will Lena wissen, während sie sich setzt.

Annemarie nimmt ihre Hand und drückt diese ganz fest. Dabei lächelt sie ihre Hilfe dankbar an: „Deine Mutter muss froh gewesen sein, dich an ihrer Seite gehabt zu haben."

Lenas Gesichtszüge verfinstern sich. Annemarie wechselt schnell das Thema: „Magst du auch so gerne heiße Milch mit Honig?"

Lena zuckt mit den Schultern und hängt weiter ihren Gedanken nach. Und Anneliese fragt sich, warum Elvira ihr eigentlich lieber diese Agnieszka als Hilfe zur Seite gestellt hätte. Elvira hat diese Frau als sehr herzlich beschrieben und Lena eher als kühl. Lena ist alles andere als kühl, nur ist die Ärmste wohl einfach sehr verletzt worden. Vermutlich durch ihre Mutter … und die Männer.

Ein Geräusch lässt Annemarie für eine Sekunde aufschrecken. Doch schnell kann sie es deuten. Auf der gegenüberliegenden Straßenseite fällt eine Tür ins Schloss. Lotti und Lilli scheinen gerade von der Arbeit nach Hause gekommen zu sein.

Annemarie leert die Tasse mit der mittlerweile nur noch warmen Honigmilch in einem Zug, seufzt wohlig und sieht wieder zu Lena hinüber. Deren Blick scheint von irgendwas gefesselt zu sein.

„Lena", spricht sie ihre Helferin leise an. Doch die reagiert nicht. Also folgt Anneliese deren Blick und der führt zu einem zu einem mehrfach gefalteten Papiertaschentuch, aus dem der Perlenstecker hervorlugt, den Kommissar Keller zuletzt in ihrer Küche hat liegenlassen.

75.

Der graue Frottee-Schlafanzug ist an einigen Stellen abgenutzt, spannt an den Hüften und ist ansonsten viel zu lang. Aber sie liebt diesen Zweiteiler, der vor etlichen Jahren ihrem Vater gehört hat. Sie hätte es nicht übers Herz gebracht, ihn wegzuwerfen. Und manchmal, wenn sie sich vom Leben ein bisschen überfordert fühlt, muss sie ihn ganz einfach anziehen. Ihre Füße stecken in unförmigen roten Plüschpantoffeln. Mit einem Kaffeebecher in der Hand blickt sie auf die noch dunkle Bahnhofstraße. An den Straßenlaternen sind bunte Clowns aus Pappe befestigt und kündigt so den bevorstehenden Rosenmontagszug an. Sie hat kaum geschlafen. Da ist die Entscheidung, die sie noch immer wegen der Wohnung für ihre Schwester zu treffen hat. In spätestens zwei Tagen möchte Georg Nießen eine Antwort haben. Und wenn sie ehrlich zu sich selbst ist, dann hat sie sich bereits entschieden. Gegen die Wohnung. Gegen die Pflege ihrer Schwester. Marianne ist im Schiller-Euler-Stift bestens aufgehoben. Und das Fortschreiten ihrer Demenz kann niemand verhindern.

Aber auch die Geschichte um Malgorzata hat sie nicht schlafen lassen. Der tote Rafal bietet sich als deren Mörder an. Und Karl als Mörder Rafals. Harald hat ihr von Lottis unschönen Erlebnissen mit eben diesem Karl erzählt. Karl Nowak scheint ein jähzorniger Mensch zu sein. Alles passt so gut zusammen. Zu gut. Und was ist mit dem 'dünnen Mann', den Bärbel Heinrichs an der Grillhütte gesehen haben will? Rafal war nicht dünn, und Karl ist auch nicht. Oder wollte Bärbel sich nur wichtig machen? Diesen 'dünnen Mann' will sie auf jeden Fall mal im Hinterkopf behalten. Ansonsten sollte Milena alias Agnieszka schnellsten mal dem unbeherrschten Karl auf den Zahn füllen. Natürlich nur, wenn sie und Harald in der Nähe sind. Aber wad wird dann mit Frau Klein, Elviras Mutter? Außerdem ist Rosenmontag, das ist bestimmt nicht der richtige Tag für ein Kennenlernen von Karl und Milena. Da ist viel zu viel Trubel. Aber es macht nicht gerade der Trubel einfacher? Milena könnte Karl in Kreuzau treffen. In der 'Alten Scheune', beim 'Mattes' oder in der 'Waldstube'. Harald und sie könnten sich, verkleidet, direkt in der Nähe aufhalten. Und sie könnte vorab bei Elvira und Hape nachfragen, ob das für beide in Ordnung wäre, wenn sie Elviras Mutter für zwei Stunden zu Annemarie Uerlichs brächte. Von der Idee angetan, stellt sie ihren

Kaffeebecher auf die Fensterbank, liebäugelt durch die offen stehende Schlafzimmertür mit ihrem Bett und beschließt, sich noch ein Stündchen aufs Ohr zu hauen, bevor sie Harald anruft, um ihm von ihrer Idee zu erzählen.

Kaum, dass sie sich mit dem reinweißen Plumeau und der rot-weiß-mellierten Baumwolldecke zugedeckt hat, ist sie auch schon eingeschlafen. Der 'dünne Mann' begleitet sie durch ihren Traum.

76.

Auch Karl hat wenig geschlafen. Der Inhalt der Flasche Baba Yaga auf seinem Nachttisch aus Eichenholz hat sich deutlich reduziert. Doch auch der Genuss seines polnischen Lieblingswhiskeys nimmt ihm nicht den Schmerz über den Verlust Lottis. Die lernte er vor über zwei Jahren kennen und besuchte sie mindestens einmal pro Woche im 'Nachtigall'. Privaten Kontakt darüber hinaus lehnte Lotti kategorisch ab. Aber sie ist immer sehr liebevoll gewesen. Und trotz des fehlenden slawischen Akzentes hat er sie sehr gern gehabt.

Warum hat er sich nur auf diesen Rafal eingelassen? Damit fing der ganze Ärger an. Rafal hatte ihn mit Malgorzata bekannt gemacht. Daraufhin traf er sie mehrere Male. Der Sex mit Lotti machte ihm wesentlich mehr Spaß. Aber da war diese Stimme mit diesem Akzent. Später hatte er mit Malgorzata keinen Sex mehr, also ließ sich nicht mehr von ihr bedienen. Sie musste nur vorlesen. Erotische Geschichten auf deutsch, mit ihrem polnischen Akzent und leiser dunkler Stimme vorgetragen, während er sich selbst befriedigte. Zu diesem Zeitpunkt arbeitete sie schon auf eigene Rechnung. Rafal sprach ihn einmal darauf an. Er zeigte sich aber unwissend und wies auf seine regelmäßigen Besuch im 'Nachtigall' hin. Nach Malgorzatas Tod kam Rafal wieder auf ihn zu und wollte ihm was 'Neues' anbieten. Aber das war unmöglich gewesen. Da reichte auch kein polnischer Akzent, zumal die Gute noch nicht einmal über ein erotisches Timbre in der Stimme verfügte. Von ihrem Aussehen ganz zu schweigen. Keine Ahnung, was der sich dabei gedacht hat. Jetzt ist er tot. Wenn Rafal Malgorzata getötet hat, weil die auf eigene Rechnung arbeitete, wer hat dann Rafal getötet? Steht er selbst vielleicht unter Verdacht? Diese Milena, mit der er gestern telefoniert hat, scheint nichts von Rafals Tod zu wissen. Aber mit welchem Fahrer kommt sie dann nach Deutschland? Was erzählt dieser den Mädchen dann? Rafal hat eine Erkältung und deswegen fahre ich euch heute? Muss der überhaupt etwas begründen, wahrscheinlich beschäftigt dieses Unternehmen mehrerere Fahrer? Vielleicht ist das alles aber auch nur eine Finte und diese Milena ist ein Polizeispitzel? Andererseits: Warum verhört ihn die Polizei dann nicht direkt?

 Er muss dringend sein Misstrauen in den Griff bekommen ... und seinen Jähzorn. Beides hat dazu geführt, dass sein gutes Verhältnis zu Lotti vermutlich für immer zerstört worden ist.

77.

Kurz bevor sein Radio-Wecker anspringt, reißt ihn das Klingeln seines Telefons aus dem Schlaf. Als er Connors Nummer erkennt, wird ihm übel. Das kann nichts Gutes bedeuten, wenn sein Enkel ihn schon um diese Uhrzeit anruft. Und in Irland ist es noch eine Stunde früher. Obwohl, Connor muss mit dem Bus zur Schule fahren und zeitig das Haus verlas-sen. Rosenmontag ist ja schließlich dort kein Feiertag. Dennoch … irgendwas stimmt nicht. Ihm ist etwas mulmig zumute, als er das Gespräch annimmt. Und Connor erzählt, seine Mutter habe seinem Vater den Seitensprung gebeichtet. Und der sei erst einmal ausgezogen.

„Und Mummy heult sich die Augen aus der Kopf. Aber ich kann ihr nicht trösten. Muss zu Schule. As soon as possible!", beendet Connor seine Ausführungen.

„Und Caithlyn?"

„Die muss Mummy soon zu die Primary School bringen."

„Dann mach du dich mal soon auf den Weg zum Schulbus, mein Junge. Ich werde deine Mutter gleich anrufen und versuchen, sie ein bisschen zu trösten. Thank you for your call!"

Der Junge ist großartig. Gleich will er Steffi anrufen. In einer guten halben Stunde, dann hat ist sie vermutlich schon die Kleine zur Schule gebracht. Er lässt seinen Blick durch das Schlafzimmer schweifen und bleibt schließlich bei dem Hochzeitsfoto von Marita und sich hängen. Wie jung sie noch waren, wie unbedarft. Und wie verliebt. Aber er kann die Uhr nicht zurückdrehen. Und allmählich ist die Zeit gekommen, sich wieder dem Leben zuzuwenden. Platz zu schaffen. Es gibt so viele Fotos von Marita im Haus. Einige sollen auch bleiben. Aber dieses hier muss jetzt weg. Beherzt, wenn auch mit einem Hauch von schlechtem Gewissen, nimmt Harald das Bild von der Wand. Natürlich ist die Tapete an der Stelle, wo das Bild gehangen hat, von der Farbe her wesentlich intensiver. Entweder neu streichen, oder ein Bild aufhängen, das mindestens genau so groß ist. Vor sechs Jahren hat er die Rauhfaser-Tapete in einem dezenten Türkis gestrichen. Dazu würde ein Foto des Kreuzauer Wehrs mit seiner Lieblingsbank passen. Das wollte er schon immer mal in groß auf Leinwand aufziehen. Und morgen, oder spätestens am Aschermittwoch, will er Maritas Kleidungsstücke aus dem Schrank nehmen und zum Caritas-Laden bringen. Zwei oder drei Teile will er behalten. Auch die bunte Tüchersammlung. Da ist bestimmt etwas für Steffi und Caithlyn dabei. Mal sehen, wie sich gleich das Telefonat mit Steffi entwickelt. Unter Umständen kann er sie ja direkt darauf ansprechen.

Nachdem er das Bild in zwei ausrangierte Handtücher gepackt, mit einer Kordel fest zugebunden und auf den Dachboden gebracht hat, ruft er seine Tochter an. Die ist sehr verzweifelt und fragt sich immer wieder, warum sie Duncan überhaupt ihren Seitensprung gebeichtet hat. Wie wird immer wieder von Weinkrämpfen geschüttelt und es fällt ihm schwer, die richtigen Worte zu finden. Worte, die Trost spenden, aber nicht banal sind. So beschließt er, nur zuzuhören. Ab und zu seufzt er mal, oder nennt ihren Namen, damit sie weiß, dass er da ist. Sie erzählt, dass Duncan seinen Koffer gepackt habe und erst einmal zu seinem Bruder nach Limerick gefahren sei. Und sie wisse nicht, was sie Caithlyn sagen soll. Die habe eben schon Fragen gestellt.

„Soll ich zu euch kommen?", überrascht er sich selbst.

„Ja, das wäre schön. Ich schau mal nach einem Flug für dich. Morgen? Oder lieber Aschermittwoch?"

„Aschermittwoch wäre mir lieber", denkt er an den Fall, der noch zu lösen ist ... und Ruth, die er damit auf keinen Fall allein lassen möchte.

„Trotzdem, verdammt spontan für dich", lacht Steffi. „Und jetzt hast du mich sogar zum Lachen gebracht. Ich freue mich auf dich. Und melde mich, sobald ich einen Flug gefunden habe. Tschüss Papa. Ich hab dich lieb."

Und noch bevor er antworten kann, hat sie schon aufgelegt. So schnell wie möglich möchte er mit Ruth noch einmal die bisherigen Erkenntnisse zusammentragen und überlegen, wie es weitergehen soll. Sie hat bestimmt schon eine Idee. Mittlerweile ist es auch schon fast 8 Uhr und er beschließt, sie anzurufen und zum Frühstück einzuladen.

78.

Um 8 Uhr möchte Annemarie gewaschen werden. Sie selbst duscht dann bereits kurz nach 7 Uhr und deckt den Frühstückstisch. Nur den Kaffee brüht sie erst,

wenn Annemarie schon am Tisch sitzt. Die Arbeit ist angenehm und Annemarie ist so ein lieber, umgänglicher Mensch. Ganz anders als Johanna Schöller. Dabei sind beide in einem ähnlichen Alter und beide sind an den Rollstuhl gefesselt. Annemarie ist eine liebevolle Mutter, ihr Sohn wohnt nicht nur bei ihr im Haus, weil er sich für sie verantwortlich fühlt. Johanna hat ihre Tochter vertrieben. Lediglich deren Verantwortungsgefühl lässt sie im Notfall nach Kreuzau kommen. Ihre verstorbene Mutter lässt sich mit beiden Frauen vergleichen. Mit Annemarie und mit Johanna. Annemaries fürsorgliche und humorvolle Art erinnert sie an die Mutter vor dem Unfall. Und Johannes launisches und aggressives Verhalten lässt sie immer wieder an die Mutter nach dem Unfall denken. Sie selbst hat noch dicke Lockenwickler im Haar und sitzt auf dem Stuhl neben Annemaries Bett.
Wenn die Haare doch nur schneller wachsen würden. Annemarie ist überzeugt, dass ihr zumindest kinnlange Haare gut ständen. Was er über ihre Frisur denkt, spielt keine Rolle mehr. Heute ist Rosenmontag, und sie überlegt, am Nachmittag mit der Rurtalbahn nach Kreuzau zum Rosenmontagszug zu fahren. Die Rurtalbahn ist Rollstuhl tauglich und für Annemarie wäre es bestimmt schön, noch einmal etwas anderes zu sehen, vielleicht sogar ihre Bekannte Hiltrud Virnich zu treffen.
Das Papiertaschentuch mit ihrem Ohrring liegt nicht mehr auf der Kommode. Annemarie wäscht sich, so gut es eben geht, noch selbst. Ihre Aufgabe besteht nun darin, sie vom Bett hochzuziehen, Waschlappen und Handtücher zu reichen, ihr später die Füße zu

waschen und sie einzucremen. Aber auch die Arbeit macht sie gerne. Ja, es bereitet ihr Freude, sie einzucremen und später zu frisieren.

Während sie Annemaries silberne Wellen leicht antoupiert, spürt sie ein Gefühl von 'Zuhause sein', wie sie es schon seit über zwei Jahrzehnten nicht mehr kennt. Ihr wird es auf einmal ganz warm ums Herz. Hier will sie bleiben, bis diese liebe alte Dame ihren letzten Atemzug tut. Hier will sie Kraft schöpfen und Annemarie ein angenehmes Leben bereiten.

Mit einem Waschlappen über der rechten Hand - auf dem Bett sitzend – reinigt Annemarie ihren linken Arm und Lena beeilt sich, ihr ein Handtuch zu reichen.

„Ach Lena, du verstehst mich ohne Worte. Wie schön, dass du bei mir bist."

Ja, hier will sie bleiben. Dauerhaft. Und darum darf sie keinen Fehler mehr machen.

79.

Als 'Fastelovendsjeck' kann man Harald Keller nun wirklich nicht bezeichnen. Dennoch hat er Luftschlangen durch das Wohnzimmer gepustet. Sogar von der blauen Keramiklampe über dem Esstisch hängen welche herunter. Und an der blau lasierten Kopfwand hinter dem Esstisch lacht sogar eine Clowns-Maske. Über die ist er eben auf dem Dachboden fast gestolpert, als er dort das gut verpackte Bild aus dem Schlafzimmer abgestellt hat. Als er die Maske in die Karnevalskiste stecken wollte, hat er auch schon die

Rollen mit Luftschlangen in der Hand gehabt und beschlossen, dass er dekorieren möchte, auch wenn es nur für zwei Tage ist.

„Zurück zu meinem Plan", schiebt Ruth die an der Lampe baumelnden Luftschlangen bereits das dritte oder vierte Mal zur Seite. Laut lachend. Ihre Stimmung ist aufgekratzt. Zu wenig Schlaf und zu viel Kaffee.

„Also", zieht Harald die Luftschlangen zu sich herüber und 'versteckt' sich dahinter. „Dein gefürchteter Plan. Zumindest für die arme Frau Klein, die du zu Frau Uerlichs nach Üdingen karren willst."

„Frau Klein wird froh sein, etwas Abwechslung zu haben."

„Das sollten wir uns aber von Hape oder Elvira absegnen lassen."

„Mach' du das, bitte! Wenn du von Hape ein Okay bekommst, rufe ich Agnieszka an."

„Wird gemacht", pustet Harald die Luftschlangen in Richtung Ruth, beißt noch einmal mit großem Appetit in sein mit Käse belegtes Brötchen und schiebt ein Radieschen hinterher.

80.

Wer als Rhein- oder Rurländer dem Karneval entfliehen will, indem er sich nach Domburg, Zoutelande oder Vrouenpolder absetzt, muss ständig damit rechnen, Nachbarn über den Weg zu laufen, oder zumindest Menschen aus dem Heimatort. So auch bei Hape und Elvira geschehen. Zum Glück sind es angenehme

Menschen, denen sie am Strand bei Westkapelle begegnet sind. Jupp und Lieselu Meyer. Und so sitzen sie bei einer heißen Schokolade, in dicke Decken gehüllt, auf der Terrasse eines Cafés in Strandnähe und unterhalten sich über den Gesundheitszustand Gusti Hoffmanns und Annemarie Uerlichs', über polnische Hilfskräfte, Fastelovend in Kreuzau im Wandel der Zeit und natürlich über die Toten in der Grillhütte an den 'Drei Erken'.

Da Jupp Meyer selbst vor einem Jahr einem Verbrechen zum Opfer gefallen war, wühlt ihn die Geschichte ganz schön auf.

„Wahrscheinlich ist es ähnlich wie vor einem Jahr. Der Mörder ist im Ort gut angesehen, mit allen bekannt … und man holt ihn sich ins Haus, ohne mit der Wimper zu zucken."

„Uss Krözau ess nur Bröjes Wern. Ävve et jitt och der Sempott, datt Bärbel uss Wende. Bej demm Fromensch krisste de Bejovung, ävve ne Duutschläje ess datt net", zieht Hape Schultern und Augenbrauen hoch. Seine letzten beiden Worte hat eine Windböe verschluckt, dennoch wissen alle, was er sagen möchte.

„Herr Uerlichs, Sie sagten, diese Malgorzata habe auf eigene Rechnung gearbeitet", schaltet sich Lieselu ein. „Wie Sie ja wissen, ist mir das horizontale Gerbe bestens bekannt. Und glauben sie mir: Eigene Rechnung ist ein Mordmotiv. Zuhälter sind nicht zimperlich."

„Aber ihr Zuhälter ist ja mittlerweile auch tot", gibt Elvira zu bedenken. „Vielleicht haben wir es sogar mit zwei Mördern zu tun?"

„Vielleicht war es ein Stammfreier?", mutmaßt Liese-lu. „Der könnte auch den Zuhälter umgelegt haben."

Eine erneut einsetzende Windböe lässt die Mütze eines vorbeigehenden Mannes von dessen Kopf springen und in der Luft tanzen. Er versucht sie zu greifen und wird dabei von anderen Spaziergängern angefeuert. Mal auf englisch. Mal auf niederländisch und mal auf deutsch. So schnell, wie die Böe aufgetaucht ist, verschwindet sie auch wieder und lässt die Mütze zu Boden fallen, bevor er sie aufheben kann. Sich seiner Zuschauer bewusst, setzt er die Mütze mit großen Gesten wieder auf seinen Stoppelschnitt. Dafür bekommt er großzügigen Applaus.

„Ich glaube ja", knüpft Jupp an das zuletzt Gesagte an, „dass das jemand aus dem direkten Umfeld war. Vielleicht eine Freundin oder so. Was ist denn mit anderen Polinnen, die in Kreuzau arbeiten? Gibt es da Kontakte."

„Jau! Datt Agnieska on datt Lena!"

„Genau. Und die eine ist bei deiner Mutter und die andere bei meiner Mutter", droht Elviras Stimme zu versagen. „Und wir haben eben noch zugestimmt, dass beide heute Nachmittag von Lena versorgt werden. Weil Harald und Ruth Agnieszka für eine private Ermittlung brauchen."

„Dann kann es sein, dass Ihre Mütter, oder Herr Keller und Frau Pitscher in Gefahr sind. Beides ist nicht gut", gibt Lieselu zu bedenken.

81.

Karl hat einem Treffen mit 'Milena' in Kreuzau sofort zugestimmt und es kann ihm gar nicht schnell genug gehen. Er will um 14 Uhr in der 'Waldstube' sein. In Ruths Augen ist das Lokal hervorragend geeignet. Es liegt am Ortsrand und wird gut besucht sein. Gerade so gut besucht, dass sie und Harald in der Nähe der beiden sein können, ohne aufzufallen. Es wird aber nicht so viel los sein, dass Karl 'Milena' unauffällig wegschleppen könnte.

„Ich komme mir verkleidet vor", kommt Agnieszka in Ruths rot-weiß gepunkteter Nicki-Leggins aus dem Badezimmer.

„Um so besser", lacht Ruth. „Es ist schließlich Karneval. Meine Leggins steht dir. Und mach dir Zöpfe. Da liegen noch kräftige rote Haargummis auf der Ablage."

„Ich versuch's mal", verschwindet Agnieszka erneut im Bad.

Auf Grund der Kürze der Zeit haben sie improvisieren müssen und sich entschieden, dass Agnieszka und Ruth sich in deren Wohnung zumindest ein bisschen verkleiden, während Harald Elviras Mutter zu Annemarie und Lena fährt. Nicht wirklich begeistert, hat er dann doch zugestimmt.

Während Ruth sich widerwillig einen Schlafanzug im Rosenmuster überstreift, überlegt sie, ihren Pfefferspray einzupacken. Falls Karl bei Agnieszka handgreiflich wird. Ist es überhaupt zu verantworten, diese nette und hilfsbereite Frau einer potenziellen Gefahr auszusetzen? Andererseits: Van Damm unternimmt nichts, Hape Uerlichs ist beurlaubt und aus der Schusslinie. Und da draußen läuft ein Mörder herum. Natürlich möchte sie Agnieszka nicht Gefahr bringen. Aber sie selbst kann sich nicht mit Karl verabreden. Sie passt schließlich so gar nicht in dessen Beuteschema.

„Darf ich den roten Lippenstift benutzen?", ruft Agnieszka aus dem Bad.

„Aber klar doch. Und trag' ruhig dick auf. Ist ja Karneval! Nimm' dir was du brauchst!"

Zwischen ihren unruhigen Träumen vom dünnen Mann und dem Frühstück bei Harald hat sie sich an ihren PC gesetzt und eine lange Nachricht an Werner Breuer alias RenRew geschrieben.

'Du bist ein sehr sympathischer Mann. Und wäre ich 20 Jahre jünger würde, ich mich um ein Date dir reißen. Aber ich gehe mit Riesen-Schritten auf die 80 zu. Ich wünsche dir von Herzen, dass du dich schnell von den schlimmen Erlebnissen erholst und bald eine nette Frau in deinem Alter kennenlernst.'

82.

Der Flur des Hauses der Familie Uerlichs besteht größtenteils aus Treppen. Die mit Teppich belegte Holztreppe führt zu Hapes Wohnung im Dachgeschoss. Die andere Holztreppe führt in den Keller. Die Treppe zu Hapes Wohnung hat Lena bereits gesaugt. Leise vor sich hin summend wischt sie mit einem feuchten Lappen über Spiegel und Garderobe, ebenfalls aus Kirschholz. Die Wohnzimmertür steht offen.

Ab und zu erzählt Annemarie Begebenheiten aus ihrer Jugend. Einziger Wermutstropfen: Gleich will Herr Keller Frau Klein vorbeibringen. Das passt ihr gar nicht. Sie hat sich so darauf gefreut, zusammen mit Annemarie mit der Rurtalbahn nach Kreuzau zu fahren und sich den Rosenmontagszug anzusehen. Bis zur Haltestelle ist es nicht weit und der Rollstuhl lässt sich problemlos in die Rurtalbahn schieben. Aus Annemaries Karnevalskiste hat sie schon zwei Hüte rausgesucht. Einen mit einem schwarzem Netz vor den Augen für Annemarie. Und einen Tiroler-Hut mit einer Feder für sich, der so groß ist, dass darunter die Perücke mit den blonden Zöpfen noch ohne weiteres Platz findet. Sie hat Annemarie schminken wollen. Endlich noch einmal ihr blaues Lidschatten-Duo benutzen und einen kräftigen roten Lippenstift dazu. Vielleicht hätten sie später sogar noch ein Stück Kuchen in der Waldstube gegessen. Das wäre schön gewesen. Aber nun macht ihr dieser ehemalige Kommissar einen Strich durch die Rechnung. Was ist denn eigentlich mit Agnieszka? Warum ist die nicht bei Frau Klein? Will die jetzt selbst feiern gehen und deswegen ihr Frau Klein überlassen? Nein, so ist Agnieszka nicht. Mit Agnieszka würde sie sich gerne anfreunden. Aber wie lange bleibt die überhaupt noch hier? Theoretisch hätte sie ja schon am vergangenen Freitag mit Rafal zurückfahren sollen. Aber Rafal gibt es ja nicht mehr. Ob seine Leiche schon nach Gdanzk überführt worden ist?

Nein, Agnieszka ist nicht so hinterhältig wie Malgorzata. Vielleicht bleibt sie ja dauerhaft bei Frau Klein? Es wäre schön, Agnieszka als Freundin zu haben.

„Ach, meine liebe Lena", schiebt sich Annemarie mit ihrem Rollstuhl in den Flur. „Du bist traurig, dass wir nicht nach Kreuzau fahren können. Das tut mir leid. Aber sieh mal … das Wetter ist ziemlich usselig. Wir machen es uns hier gemütlich. In der Tiefkühltruhe ist noch Frankfurter Kranz, Apfel-Riemchen und eine Marmeladen-Biskuitrolle. Wahrscheinlich noch andere Kuchen und Torten. Such' du was Leckeres aus für uns."

Sie steht schon an der Kellertreppe, da hält Annemarie sie am Arm zurück: „Und unseren Ausflug nach Kreuzau holen wir nach. Nur du und ich. Gerne schon morgen. Und wer weiß, vielleicht ist bis dahin das Wetter schon ein bisschen besser."

Annemarie greift nach Lenas Hand und verschiebt dabei das Bündchen des rechten Ärmels. Krusten und Kratzspuren kommen zum Vorschein und lassen beide Frauen erstarren. Annemarie wegen des Gesehenen. Und Lena, weil sie weiß, dass Annemarie die Verletzungen gesehen und ihr Entsetzen nicht verbergen kann, so sehr sie das wahrscheinlich möchte.

83.

Als er in Niederzier in die Rurtalbahn eingestiegen ist, hat er sich einfach nur auf das Treffen mit Milena gefreut. Da der Rosenmontag als Feiertag gilt und damit der Sonntagsfahrplan in Kraft tritt, hat er am Bahnhof in Düren noch einen längeren Aufenthalt gehabt. Er hat im Bahnhofscafé ein Bier getrunken ist darüber ein bisschen wehmütig geworden. Hier ist er oft gewesen, bevor zu Lotti ins Nachtigall gegangen ist. Er vermisst sie, nicht nur körperlich. In dieses Vermissen mischt sich jetzt die Vorfreude auf Milena.

Über seinen spärlichen Haarwuchs hat er einen Cowboy-Hut gezogen. Dazu trägt er eine Fransen-Jacke aus hellbraunem Wildleder und Cowboy-Stiefel in einer ähnlichen Farbe. Er leert in einem Zug eine Mini-Flasche Wodka, bevor er in die Rurtalbahn nach Heimbach einsteigt. Die Fahrt nach Kreuzau dauert zwölf Minuten. Weitere zwölf Minuten wird er zur Waldstube brauchen. Wenn ihr Aussehen hält, was ihre Stimme verspricht … dann nähert er sich dem Paradies. Aber selbst, wenn sie nicht so geil aussieht, die Stimme reicht, um ihn umzuhauen.

Das Heft mit den erotischen Geschichten steckt in der Innentasche seiner Wildlederjacke. Die anstehende Begegnung ist vielversprechend. Aber er muss seinen Jähzorn im Zaum halten. Das ist wichtig. Das ist ganz, ganz wichtig!

84.

Bei stärkerem Wind gerät der rote Mini an seine Grenzen. Eben hat er ganz schön gegenlenken müssen. Trotzdem hat der Wagen heftig geruckelt und Helene Klein hat vor Begeisterung in Hände geklatscht. Und dann hat Ruth angerufen. Wo er den bliebe, hat sie wissen wollen. Und was um alles auf der Welt er denn in Winden auf dem Friedhof mache. Sie will mit Agnieszka schon einmal zur Waldstube vorgehen. Er ist von der Idee absolut nicht begeistert und drängt seine Begleiterin, endlich einzusteigen.

„Vielen Dank, lieber Herr Keller. Das war wirklich ganz reizend von Ihnen. Ich bin schon lange nicht mehr am Grab meiner Schwester gewesen."

„Gerne, Frau Klein. Aber jetzt müssen wir uns beeilen."

Ruth scheint sauer zu sein. Wohl zu Recht. Aber was hat er denn machen sollen? Frau Klein die Bitte abschlagen? Wo sie doch so nett gefragt hat?

Sein Smartphone zeigt acht verpasste Anrufe an, einen von Ruth und sieben von Hape. Auch auf dem Friedhof ist es windig gewesen. Wahrscheinlich hat der Wind das Klingeln geschluckt. Er will Hape anrufen, sobald er Frau Klein zu dessen Mutter gebracht hat.

85.

Agnieszka ist ganz hübsch anzusehen. Sie ist ganz aufgeregt. Und Ruth freut sich, ihre 'Komplizin' so aufgekratzt und fröhlich zu erleben. Sie weiß mittlerweile, dass Agnieszka zwei erwachsene Kinder hat und schon verwitwet ist. Boris und Lenka sind zunächst von der Idee ihrer Mutter, länger in Deutschland zu bleiben, nicht begeistert gewesen. Haben aber wohl mittlerweile ein Einsehen gehabt, zumal sie bei Frau Klein ganz gut verdient.

„Und?", dreht sie sich um sich selbst und schaut Ruth dabei an. „Wie gefalle ich dir."

„Sehr gut. Und diesem Karl wirst du auch gefallen. Hoffentlich nicht zu gut. Aber keine Angst, ich lasse dich nicht aus den Augen. Ach, wenn doch nur Harald endlich käme. Dass der uns so auf die Folter spannen muss ..."

„Folter?", reißt Agnieszka ihre Augen weit auf.

„Das ist nur so ein Sprichwort", lacht Ruth und wirft sich einen Poncho über. „Komm, wir gehen. Harald weiß ja, wo wir zu finden sind."

86.

Und wenn alles eine Finte ist? Wenn Milena ein Polizei-Spitzel ist? Er hat Malgorzata gekannt, Rafal ebenfalls. Und beide sind tot. Vielleicht hat Lotti doch Anzeige gegen ihn erstattet? Er hat ihr vorgeworfen, ein Spitzel zu sein und sie dann angegriffen. Wenn diese Milena von der Polizei beauftragt worden ist, kommt sie bestimmt nicht alleine. Sie wird vielleicht alleine die Waldstube betreten, aber vermutlich vor der Gaststätte mit jemandem zusammen ankommen. Wahrscheinlich Polizei in zivil. Ob man sie verwanzen wird? Sein Misstrauen ist mittlerweile genau so schlimm, wie sein Jähzorn. Oder war das schon immer so?

Der Nieselregen hält an. Ein wenig Mitleid hat er ja schon mit den Menschen, die bei diesem Wetter an den Straßen stehen und sehnsüchtig auf den Rosenmontagszug warten. Die Wahrscheinlichkeit ist sehr groß, dass gleich noch richtig was herunterkommt. Für 14 Uhr ist er mit ihr verabredet. Er hat sich schräg gegenüber der Waldstube in einen Hauseingang gestellt. Sein besonderes Augenmerk ist auf Frauen zwischen 40 und 50 Jahren gerichtet, die auf den Eingang zugehen. Ist eine dabei, die sich vor den Stufen von ihrer Begleitung trennt?

Er zieht den Hut vom Kopf und versteckt ihn hinter seinem Rücken. Der Hut ist zu auffällig. Wenn sie ihn in der Waldstube sieht, soll sie sich nicht sofort daran erinnern, dass er sie schon im Vorfeld beobachtet hat. Da kommen zwei Frauen aus Richtung des Friedhofes. Eine muss weit über 60 sein, und auch ihr verspielter Rosen-Schlafanzug kann ihre Kratzbürstigkeit nicht verbergen. Aber das Vollweib mit den Zöpfen und den slawischen Wangenknochen ist ein Gedicht. Ob sie das ist? Das wäre so was von geil. Das Blut pulsiert in seinen Schläfen. Aber wenn sie das ist, dann hat sie sich Verstärkung mitgebracht, oder gar Personenschutz. Die beiden Frauen gehen auf die Treppe zu. Bleiben einen Moment stehen und scheinen noch etwas zu besprechen. Dann geht das Vollweib die Treppe hoch. Die Kratzbürste bleibt stehen. Noch einmal dreht sich das Vollweib nach ihr um und öffnet die Tür. Sie ist es. Eine geile Polen-Schlampe und eine miese Verräterin.

87.

Der Nieselregen verschont auch Üdingen nicht, aber der Wind hat sich ein bisschen gelegt. Dennoch fühlt Harald sich verpflichtet, der Mutter Elvira Kleins aus dem Auto zu helfen und sie zur Haustür zu geleiten. Er hat Hape noch immer nicht telefonisch erreicht. Einmal ist eine Verbindung da gewesen, aber die ist sofort in einem Rauschen geendet. Was mag nur so wichtig sein, dass sein Freund die heiß herbeigesehnte Auszeit mit Elvira zu ständigen Anrufen nutzt?

Wenn er Frau Klein sowieso noch bis zur Tür bringt, kann er auch mal bei Annemarie Uerlichs nachfragen. Die wird wissen, worum es geht. Die beiden haben ein inniges Verhältnis. Eigentlich sollte er längst in Kreuzau sein. Nicht mehr bei Ruth, aber in der Waldstube. Ruth wird so oder so nicht gut auf ihn zu sprechen sein. Da kann er sich genau so gut noch mit Annemarie Uerlichs unterhalten. In zwei Tagen fliegt er nach Irland, Steffi hat ihm eben die Flugdaten durchgegeben. Er mag sich nicht auf eine Reise begeben, wenn es eine schlechte Stimmung zwischen ihm und Ruth gibt. Jetzt, wo die Geschichte mit ihren Internet-Bekanntschaften geklärt ist. Jetzt, wo er – wenn auch mit einem dicken Kloß im Hals – das Bild von Marita auf den Dachboden gebracht hat. Helene Klein gerät ins Stolpern und schnell nimmt er ihren Arm. Sie ist körperlich bei weitem nicht so eingeschränkt wie Hapes Mutter, aber sie ist extrem ängstlich, und das äußert sich auch in ihren unbeholfenen Schritten.

„So, liebe Frau Klein", lächelt er sie an. „Gleich haben wir es geschafft!"

Sie lächelt dankbar zurück, alldieweil er die Klingel betätigt. Nach einer Weile öffnet Lena Kamisnski die Tür. Sie sieht sehr müde, traurig und erschöpft aus.

„Guten Tag, Herr Kommissar", sieht sie ihn mit einem versuchten Lächeln an und wendet sich an seine Begleiterin: „ Guten Tag, Frau Klein. Sie werden schon erwartet. Kommen sie doch herein. Frau Uerlichs hat sich aber für einen Moment hingelegt. Ihr Kreislauf!"

„Oh," antwortet Harald und erntet einen verwunderten Blick der Pflegerin.

„Ja, wissen Sie, liebe Lena. Ich wollte mit Frau Uerlichs noch etwas besprechen."

„Das tut mir sehr leid", schaut Lena betrübt. „Aber die gute Annemarie wollte mir eben beim Putzen helfen und hat sich übernommen. Ihr Blutdruck war viel zu hoch. Sie muss sich eine Weile ausruhen. Da bestehe ich drauf!"

„Ja, natürlich. Entschuldigen Sie. Sie nehmen Ihre Aufgabe sehr ernst. Das freut mich", schiebt Harald Frau Klein durch die Haustür.

„Oh, Danke!", strahlt Lena und will die Tür schon schließen.

„Wissen Sie vielleicht, warum Hape mich dringend telefonisch erreichen wollte?", drückt Harald die Tür noch einen Spalt auf.

„Ach, das?", drückt Lena kurz seine Hand. „Den beiden gefällt so gut in Holland. Wenn ich Annemarie richtig verstanden habe, wollen sie noch einen Tag länger bleiben."

„Sei den beiden von Herzen gegönnt."

„Das finde ich auch."

88.

Agnieszka ist jetzt drinnen. Harald ist noch immer nicht da. Und dieser Cowboy, der sie ständig ansieht und zu überlegen scheint, ob er jetzt endlich die Treppe 'erklimmen' soll, scheint dieser Karl Novak oder Nowak zu sein. Alles läuft aus dem Ruder. Alles. Harald kann froh sein, dass er gerade nicht vor ihr steht. Sie ist so sauer, sie würde ihm am liebsten eine Ohrfeige verpassen. Okay, eine Ohrfeige natürlich nicht. Aber sie würde ihm eine Ansage machen, die es in sich hat. Da dieser Cowboy vermutlich Karl ist und Agnieszka sich noch nicht gemeldet hat, was ihre Cowboy-Theorie bestätigt, scheint hier akut keine Gefahr zu drohen. Aber es bleibt dieses mulmige Gefühl. Wenn die Gefahr nicht hier lauert, dann irgendwo anders. Wo genau ist Harald jetzt? Das möchte sie schon wissen. Vor allem, ob es ihm gut geht. Jetzt ist keine Zeit für Spielchen. Der Cowboy steht noch immer vor den Stufen, setzt seinen Hut auf und ab. Nein, die Gefahr ist nicht hier. Die Gefahr ist bei Harald. Und den kann sie nicht erreichen. Auch beim zehnten Versuch nicht. Eine Gedanke setzt sich in ihrem Kopf fest: Wenn der Mörder Malgorzatas aus deren Umfeld stammt, wer kommt dann in Frage? Rafal ist tot. Karl steht vor der Waldstube und Agnieska ist in der Waldstube. Da bleibt Lena Kaminski. Und bei der ist vermutlich Harald. Ihr wird es ganz schwindelig. Sie muss handeln. Sofort.

89.

Sein Herz hat laut gepocht und wahrscheinlich die Rurtalbahn zu übertönt, die sich von Kreuzau aus auf Üdingen zubewegte. Langsam, wie immer. Auf Höhe der Grillhütte 'An den drei Erken' hat er den roten Mini zur Seite gelenkt. Er ist zwar im Schlamm gelandet, aber das ist ihm egal gewesen. Ruth hat ihn gerade weggedrückt, als Hape angerufen hat. Irgendetwas sei bei seiner Mutter nicht in Ordnung, er könne sie nicht erreichen. Und nein, er wolle nicht seinen Aufenthalt am Meer verlängern. Sie seien bereits auf dem Rückweg. Er würde auf der Stelle umdrehen und nach Annemarie sehen, hat er versprochen und ist mit einem mulmigen Gefühl nach Üdingen gefahren.

Jetzt liegt er im Uerlingsschen Keller. Mit argen Kopfschmerzen. Besonders an der Stelle, an den ihn Lena mit dem Staubsaugerrohr getroffen hat. Er ist bei dem Schlag in die Knie gegangen und rücklings die Treppe hinunter gestolpert. Um nicht mit dem Kopf auf den Betonboden aufzuprallen, hat er sich während des Fallens gedreht. Oder das zumindest versucht. So ist er seitlings aufgeschlagen. Die Schulter hat er sich dabei verstaucht, vielleicht sogar angebrochen. Beim Versuch, sich auf die andere Seite zu drehen, und so die Schulter zu entlasten, hat Lena ihn böse angeschaut und das Staubsaugerrohr hochgehalten. Er hat durch eine Kopfbewegung auf seine Schulter gezeigt. Da hat sie genickt und er hat die schmerzvolle Drehung vollendet.

„Nehmen Sie das", hat Lena mit dem Rohr auf Gartenstuhlauflagen gezeigt, die neben ihm auf dem Boden liegen. So hat er sich mit enormer Anstrengung eines dieser blau-weißen Kissen unter die verletzte Schulter geschoben, ein weiteres unter seinen Kopf. So hat er jetzt auch Helene Klein im Blick, die leise wimmernd mit auf dem Rücken zusammen gebundenen Händen auf einer ebenfalls blau-weißen Auflage für einen Liegestuhl sitzt, die wiederum auf dem

Steinboden liegt. Ob Lena ihr die untergeschoben hat? Annemarie Uerlichs liegt auf einer Decke. Bei ihr bedarf es es keiner Handfesseln. Sie könnte niemals aus dieser Position heraus alleine aufstehen.

Auf der obersten Treppenstufe sitzt Lena und weint, dabei hält sie aber das Staubsaugerrohr fest in der Hand und macht mit Blicken deutlich, dass sich nur ja niemand wagen soll, seine Position zu ändern oder gar seinen Platz zu verlassen. Er muss ruhig bleiben und nachdenken. Schließlich geht es nicht nur um sein Leben, sondern auch das der beiden netten alten Damen. Mütter zweier Menschen, die ihm am Herzen liegen.

90.

Wenn sie jetzt geht, lässt sie Agnieszka mit Karl alleine. Vermutlich geht von Karl keine Gefahr aus. Aber trotzdem möchte sie jetzt Agnieszka nicht sich selbst überlassen. Und Karl wirkt kräftig. Das könnte hilfreich sein.

„Karl", zupft Ruth beherzt an der Fransenlederjacke, „ich brauche Ihre Hilfe. Bitte rufen Sie ein Taxi. Erklärungen gibt es später. Ich gehe jetzt da rein und hole die Frau heraus, die Sie als Milena kennen."

Karl ist mehr als verwundert und schaut sie mit zusammengekniffenen Augen an.

„Bitte, Karl. Es geht um Leben und Tod."

Er scheint zu begreifen, dass die Geschichte wirklich ernst ist, zieht sein Smartphone aus der Tasche und sucht nach Taxi-Unternehmen.

91.

Annemaries vorwurfsvollen - nein eher traurigen –
Blick kann sie nicht ertragen. Sie konzentriert sich auf
Harald Keller und Helene Klein. Keller scheint arge
Schmerzen zu haben und Frau Klein Angst um ihr Le-
ben. Das hat sie nicht gewollt. Das sind allesamt so
liebe Menschen. Nicht wie Johanna. Nicht wie ihre
Mutter. Und auch nicht wie Malgorzata. Oder Rafal.
Oder Karl. Sie klemmt das Rohr unter ihren Arm, fal-
tet die Hände und betet:
„Ojcze nasz, któryś jest w niebie,
święć się imię Twoje,
przyjdź królestwo Twoje.
Bądź wola Twoja, jako w niebie tak i na ziemi.
Chleba naszego powszedniego daj nam dzisiaj.
I odpuść nam nasze winy, jako i my odpuszczamy naszym winowajcom.
I nie wódź nas na pokuszenie.
Ale nas zbaw ode złego.
Amen.“
 Nachdem sie mit der rechten Hand ein Kreuzzeichen
auf ihre Stirn gemacht hat, umfasst sie das Staubsaugerrohr wieder mit beiden Händen. Wann ist die Geschichte eigentlich dermaßen aus dem Ruder gelaufen? Als sie mit der heißen Honig-Milch an Annemaries Bett gesessen und ihren Ohrring in dem Papiertaschentuch gesehen hat, ist sie versucht gewesen, den
an sich zu nehmen. Ihre Hand hat sich schon auf den
Weg gemacht. Sie hat das Gefühl gehabt, Annemarie
hat das mitbekommen. Seitdem hat sie sich von Annemarie beobachtet gefühlt.

Vielleicht ist das nur ihrem schlechten Gewissen geschuldet gewesen. Aber das spielt jetzt auch keine Rolle mehr. Ihre Handgelenke brennen. Erst heute morgen hat sie sich wieder geritzt. Die Rasierklinge ist schon ziemlich stumpf gewesen. Warum hat Annemarie nur ihre Hand nehmen und dabei einen Blick auf ihre Narben werfen müssen? Warum hat sie nicht versucht, ihr irgendetwas zu erzählen ... von einem heftigen Liebeskummer oder so? Hätte doch auch irgendwie gestimmt. Warum ist sie stattdessen in Panik verfallen und hat Annemarie die Treppe herunter gestoßen?

Ihr Körper wird von einem Schluchzen geschüttelt. Sie muss aufhören zu flennen und ihre 'Gefangenen' im Zaum halten. Wozu eigentlich? Was soll sie mit Ihnen machen? Liegen lassen und weglaufen? Wie weit käme sie? Dieser Keller würde bestimmt sofort die Polizei anrufen, wahrscheinlich Annemaries Sohn direkt. Sie muss sich etwas Zeit verschaffen zum Nachdenken und augenblicklich mit der Heulerei aufhören.

92.

Er hat tatsächlich ein Taxiunternehmen gefunden, das innerhalb der nächsten 15 Minuten einen Fahrer zur Waldstube in Kreuzau schicken will. Zehn Minuten sind seitdem bereits vergangen. Er kann es noch immer nicht so recht begreifen, dass er sich von der Kratzbürste für deren Pläne hat einspannen lassen. Die vermeintliche Milena hat sich ihm als Agnieszka vorgestellt. Und er hofft, bei ihr punkten zu können,

indem er die Kratzbürste bei ihren Plänen unter-
stützt. Außerdem reizt ihn die Vorstellung, bei einer
Aktion dabei zu sein, bei der es um Leben und Tod
geht. Und das ausgerechnet in Üdingen. Dem Ört-
chen, in dem er einige Male Malgorzata besuchte.
Und in Üdingen machte ihm auch Rafal dieses krasse
Angebot.

„Guckt mal, da hinten …", zeigt Agnieszka aufgeregt
in Richtung Alte Gasse.

„Das Taxi. Endlich!", sagt die Kratzbürste, die sich
ihm als Ruth Pitscher vorgestellt hat.

Der Nieselregen gönnt sich eine Verschnaufpause.
Sobald das Taxi vorfährt, reißt er die Beifahrer-Tür
auf und bietet der Kratzbürste den Platz an. Dann öffnet er die hintere Tür für Agnieszka und setzt sich neben sie. Dieser Rosenmontag in Kreuzau verläuft für
ihn komplett anders als erwartet. Aber gut. Richtig
gut.

93.

Er ist mit einem Mal so müde. Kopf und Schulter
schmerzen. Aber er darf jetzt nicht einschlafen. Was
hat sie vor? Sie sitzt noch immer auf der obersten
Treppenstufe. Ihr herausgewachsener Kurzhaarschnitt und die Anspannung lassen ihre grauen Haare
wild vom Kopf abstehen. Sie scheint selbst nicht zu
wissen, wie es weitergehen soll.

„Lena, möchten Sie nicht mal einen Schluck Wasser
zu sich nehmen?", setzt er zu einem Gespräch an.
„Sie sehen ziemlich erschöpft aus, wenn ich das mal

so sagen darf. Und von uns kann keiner weglaufen. Wahrscheinlich wäre ich noch am ehesten dazu in der Lage. Aber ein bisschen kennen Sie mich doch mittlerweile. Glauben Sie wirklich, ich würde Frau Uerlichs und Frau Klein im Stich lassen?"

Lena scheint nachzudenken. Das ist schon mal ein guter Anfang. Tatsächlich geht sie in die Küche und kommt sofort mit einer Flasche Mineralwasser wieder. Und zwei Bechern. Er hat kurz darüber nachgedacht, sein Handy aus der Hosentasche zu ziehen und Ruths oder Hapes Nummer zu wählen. Die Idee hat er aber schnell wieder verworfen. Zu langwierig und zu gefährlich. Gerade jetzt, wo Lena anfängt, etwas zugänglicher zu werden.

„Trinken Sie", hält Lena im ein Glas an den Mund. Er schluckt, muss husten und giert doch nach einem weiteren Schluck. Sie gönnt ihm insgesamt ein halbvolles Glas, bevor sie sich wieder auf die oberste Treppenstufe setzt und den restlichen Inhalt der Flasche in einem Zug austrinkt.

„Sie sind so ein fürsorglicher Mensch, Lena. Was ist passiert? Warum liegen wir alle in diesem Keller?"

„Malgorzata", stößt Lena hervor.

„Warum musste Malgorzata sterben?"

„Sie hat mich ausgelacht. Sie hat mir meine Liebe weggenommen und mich ausgelacht."

„Wer ist Ihre Liebe?", will Harald wissen und weiß doch schon die Antwort. 'R+L' war in die Wand der Grillhütte eingeritzt gewesen. 'R+L' steht für Rafal und Lena. Das die beiden wirklich ein Paar gewesen sind, kann er sich kaum vorstellen.

„Vielleicht wusste Malgorzata ja gar nicht, dass Sie

beide ein Paar sind?"

„Doch. Ich hab' es ihr gesagt. Ich hab' ihr erzählt, wie sehr ich ihn liebe. Ich hab' gedacht, sie wäre meine Freundin. Deswegen hab' ich ihr auch erzählt, dass ich meiner Mutter ein Kissen auf das Gesicht gedrückt habe, als ich es nicht mehr aushalten konnte."

„Das war bestimmt eine anstrengende Zeit mit ihrer Mutter", will Harald das Gespräch nicht abreißen lassen.

„Malgorzata hat mich ausgelacht", bricht Lena in Tränen aus. „Ich wollte ihr helfen, als sie da in der Grillhütte saß und leicht blutete. Ich bin Rafal gefolgt und habe ihre Auseinandersetzung größtenteils mitbekommen. Aber sie hat mich nur ausgelacht. Guck' dich doch mal im Spiegel an. Glaubst du wirklich Rafal wäre scharf auf dich. Sie konnte jeden haben. Sie hat ihn nicht geliebt. Ich hab' sie beschimpft. Ich hab' unschöne Worte gesagt. Und sie hat noch lauter gelacht und gesagt, dass sie mich in der Hand hat. Wegen meiner Mutter. Da hab zugedrückt. Solange, bis keine bösen Worte mehr aus ihrem Mund gekommen sind."

„Und Rafal?"

Schluchzend erhebt Lena sich und verschwindet in der Küche. Das Staubsaugerrohr legt sie aus der Hand. Als Harald sein Handy aus der Tasche zieht, kommt sie wieder. Mit einer Flasche Mineralwasser und Annemaries Medikamenten-Wochenration.

„Geben Sie mir noch ein paar Minuten, lieber Herr Keller. Dann können Sie Hape anrufen."

Sie leert die Dosette und schluckt den kompletten Inhalt mit einem großen Schluck Wasser herunter.

„Rafal hat mich gedemütigt ohne Ende. Er hat mit meiner Liebe gespielt."

Harald versucht aufzustehen. Nach dem dritten Versuch gelingt ihm das sogar.

„Bitte bleiben Sie unten, lieber Herr Keller. Lassen Sie mich in Ruhe sterben. Ich wollte Ihnen niemals weh tun. Ihnen nicht und Anneliese und Frau Klein auch nicht."

Ihre Augen fallen schon zu, als sie das 'Vater unser' auf polnisch betet und Karl in Rambo-Manier die Tür auftritt.

94.

„Nun lass' mich mal machen, den kleinen Koffer kann ich ja wohl alleine tragen."

„Kannst du nicht", sagt Ruth, „und wuchtet Haralds Rucksack und Koffer in die Rurtalbahn.

„Aber ich muss das doch üben. In Kork muss ich auch alleine zurechtkommen."

„Musst du nicht. Deine Tochter holt dich im Flughafen ab."

„Aber ...", setzt Harald an. Ruth drückt in sanft in den Sitz und gießt Kaffee aus einer Thermoskanne in einen Porzellanbecher. Dann drückt sie ihm die Tasse in die Hand, die nicht in einer Schlinge steckt.

„Prost mein Lieber", streckt sie ihm ihre eigene Tasse entgegen. „Auf eine schöne Zeit mit deiner Tochter und deinen Enkeln."

Harald strahlt sie an. Und er strahlt noch mehr, als sie eine Tafel Traube-Nuss aus ihrem roten Rucksack zieht und in kleine Stücke bricht.

„Was meinst du, wird Lena durchkommen?"

„Hape sagt, sie hat gute Chancen."

„Weißt du eigentlich, womit dieser Rafal sie so gedemütigt hat?"

„Nein. Weißt du es?"

„Ich vermute es. Karl hat mir gestern im Taxi erzählt, dass Rafal ihm eine Frau angeboten habe. Als Malgorzata-Ersatz. Die ausgesehen habe, wie ein Knabe, der plötzlich alt geworden ist. Er habe Rafal beschimpft. Und der habe die weinende knabenhafte Frau beschimpft. Als Karl die Tür eingetreten und Lena gesehen hat, hat er mir zugenickt."

„Eine fatale und unglückliche Liebesgeschichte", sagt Harald, „die soviel Unglück über so viele Menschen gebracht hat."

„Ich hoffe ja", legt Ruth sachte eine Hand auf seinen Schlaufenarm, „dass es bei deiner Tochter besser ausgeht."

Gemächlich ruckelt die Rurtalbahn der Haltestelle 'Tuchmühle' entgegen.

„Für dich", schiebt Ruth Harald ein Stück Schokolade in den Mund. „Schön, dass es dich gibt."